Von Meer zu Meer

NADJA TEN PEZE

Von Meer zu Meer

Roman

Bibliografische Information der Deutschen Nationalbibliothek
Die Deutsche Nationalbibliothek verzeichnet diese Publikation
in der Deutschen Nationalbibliografie; detaillierte bibliografische
Daten sind im Internet über http://dnb.d-nb.de abrufbar.

© 2021 Nadja ten Peze
https://www.nadjatenpeze.com/
Coverillustrationen: Designed by Freepik

Umschlagdesign, Satz, Herstellung und Verlag:
BoD - Books on Demand, Norderstedt

ISBN: 978-3-7534-3019-5

1. Kapitel

Nele, beeile dich bitte etwas und vergiss nicht die Zähne mit Zahnpasta zu putzen!«, rufe ich von unten aus der Küche nach oben zu meiner Kleinsten.

»Maaaammaaa ... Mattis, kneift mich ständig und zieht mich an den Haaren!«, kommt es von oben zurück.

Schnell packe ich die Frühstücksdosen in die Schultornister und renne die Treppe hinauf ins Bad. Was ich nun sehe, ist der allmorgendliche Wahnsinn einer alleinerziehenden Mutter. Klamotten liegen überall auf dem Boden und halbfertig angezogene Kinder liegen sich in den Haaren.

»Jetzt ist Schluss! Zieht euch sofort an und hört auf mit eurer Streiterei!« Genervt kämme ich die Haare meiner siebenjährigen Tochter und mache ihr einen hohen Pferdeschwanz, den sie so gerne mag.

Sofort breitet sich ein fröhliches Grinsen auf ihrem Gesicht aus, zufrieden schaut sie ihren drei Jahre älteren Bruder an und sagt: »Sowas hättest du auch gerne, oder?«

Mit hochgezogenen Augenbrauen antwortet er: »Oh, lieber Gott, warum müssen kleine Schwestern immer so anstrengend sein?«

Ich ziehe Nele ihren roséfarbenen Einhornpulli und ihre pinkfarbenen Lieblingsschuhe an. Jetzt noch die Jacken und alle sind fertig. Fast alle ... Hatte ich nicht noch eine Tochter? Wo ist Lotta? Ein mulmiges Gefühl beschleicht mich. Mit drei bis vier Sprüngen bin ich die Treppe zum oberen Stockwerk gespurtet und öffne die Tür zu ihrem Zimmer.

»Lotta, wann gedenkst du aufzustehen?«, spreche ich meine älteste Tochter leicht gereizt an.

Mit müdem, irritiertem Blick schaut sie unter der Bettdecke hervor. »Oh, Mama, ist es schon so spät? Mir ist es gar nicht gut. Wahrscheinlich habe ich gestern Abend die Pizza bei *Nino* nicht vertragen. Kann ich heute mal zu Hause bleiben? Bitte, Mama!«

Mit unschuldigem Blick schaut sie mich an. Sie sieht nicht gut aus und unten warten die anderen beiden auf mich. »Okay, aber nicht, dass du glaubst, damit kommst du immer durch, mein Töchterlein!«, gebe ich ihr zurück. Rasch schließe ich die Tür hinter mir und renne die Treppe herunter.

»Kommt, ihr zwei, und nicht, dass ihr denkt, ich fahre euch jeden Tag zur Schule. Heute ist eine Ausnahme!«, erkläre ich meinen beiden Jüngsten und schiebe sie ins Auto.

Puh, endlich wieder zu Hause. Beim Fahren zur Schule waren natürlich alle Ampeln auf Rot und ich hatte den Eindruck, dass sämtliche Lastwagen der ganzen Welt in unserer kleinen Stadt unterwegs waren.

Jetzt erst mal in Ruhe einen Kaffee trinken und meine Mails lesen. Diese Zeit am Morgen genieße ich am meisten und da lasse ich mich auch durch niemanden stören. Nur, allzu lange kann ich leider nicht an meinem gemütlichen Esstisch sitzen.

»Ja, ja, wir gehen gleich Gassi«, sage ich mit einem Lächeln. Unser Appenzellerrüde Rowdy schaut mich mit seinen treuen Augen erwartungsvoll an.

Wenigstens EIN Mann, der sich über meinen Anblick freut, denke ich und streichle sein schwarz-weißes Fell. Manchmal fehlt er mir schon, der Mann an meiner Seite. Immer allein sein, alleine entscheiden, alleine einschlafen – ja, ich bin dankbar für meine Kinder und beste Freundin der Welt, Ina, die immer für mich da ist, auch in schwierigen Zeiten meines Lebens. Als mein Mann vor vier Jahren plötzlich starb und ich geschockt und total deprimiert nicht mehr weiterwusste, war sie die Person, die mich auffing.

Es war eine harte Zeit und ich weiß bis heute nicht, wie

ich es geschafft habe, aus diesem Loch wieder herauszukommen.

Eine Kur, die ich angeboten bekam, lehnte ich ab, weil ich den Kindern nicht das Gefühl vermitteln wollte, dass ihre Mama auch noch krank sei. Im Nachhinein allerdings würde ich mich anders entscheiden. Einfach mal Zeit für mich, ohne dass ständig jemand etwas von mir will, das erscheint mir heute wie eine himmlische Aussicht.

Die Sprüche, die ich auch immer wieder zu hören bekomme und die ich nicht mehr hören kann: Die Zeit heilt alle Wunden, du musst an dich und deine Zukunft denken.

Bla, bla, bla! Momentan interessiert mich eigentlich nur, dass alles läuft und die Kinder nicht darunter leiden müssen.

Jäh werde ich aus meinen Gedanken gerissen. Rowdy stupst mich mit seiner nassen Schnauze an und wedelt freundlich mit dem Schwanz. Ach du meine Güte, es ist ja schon neun Uhr, jetzt aber los!

Schnell ziehe ich dem Rüden sein Halsband über und ich meine Jacke. Hinter unserem Haus geht direkt ein Weg in den Wald und so laufe ich fast eine Stunde und genieße die ersten Sonnenstrahlen und das Vogelgezwitscher in den Bäumen.

Es gibt auch noch schöne Momente im Leben, denke ich, als ich, aufgetankt mit Frühlingssonne, zu Hause ankomme.

»Maamaa!«, höre ich es von oben rufen, als ich gerade die Haustür öffne. Schnell hänge ich meine Jacke im Flur auf und renne – zum x-ten Mal heute – nach oben.

»Lotta … was ist los?«, rufe ich schon auf der Treppe und dann sehe ich das Chaos im Badezimmer.

Lotta hängt kopfüber in der Toilettenschüssel!

»Ach du meine Güte, Kind!«

Entsetzt stehe ich im Badezimmer und schaue Lotta zu, die sich immer wieder übergeben muss.

»Mir ist soooo übel!«, stöhnt sie aus der Toilettenschüssel. Noch einmal kommt ein ordentlicher Schub. Erschöpft liegt sie vor mir auf dem Fliesenboden. »Was hast du denn gestern gegessen?«, frage ich sie und lege ihr ein kaltes Handtuch auf die verschwitzte Stirn.

Langsam kommt wieder Farbe in ihr Gesicht und sie antwortet: »Pizza, Pizza Diavolo, mit besonders viel Chili.«

Grinsend gebe ich ihr zur Antwort: »Scheint ja tatsächlich der Leibhaftige gewesen zu sein.«

Lotta verzieht das Gesicht. »Haha, sehr lustig, Mama.«

Ich helfe ihr auf die wackeligen Beine und begleite sie zurück in ihr Bett. »War nicht so gemeint«, gebe ich zurück und schaue sie reumütig an. »Du bleibst jetzt ruhig im Bett und ich mache dir einen warmen Kamillentee, der bringt dich wieder auf die Beine.«

Sie gibt mir kein einziges Widerwort, daran erkenne ich den Ernst der Lage!

In der Küche angekommen, fülle ich Wasser in den Wasserkocher und warte, bis es anfängt zu blubbern. Kamillentee muss man immer zu Hause haben, denke ich und lasse den Teebeutel in die Tasse gleiten.

Wie oft habe ich dieses natürliche Wundermittel schon in meinem Leben verwendet. Er hilft, schluckweise getrunken, bei Blähungen, schmerzlindernd bei Menstruationsbeschwerden, als Sitzbad bei Blasenentzündungen und hilft kleinen Kindern beim Einschlafen. Einfach ein Allroundtalent, dieser Tee. Also wird er auch Lotta mit ihrem verstimmten Magen wieder fit machen.

Ich halte nicht so viel von Tabletten und versuche es immer erst auf die natürliche Weise. Mit meiner Lieblingstasse, die mit dem blauen Windmühlenmotiv aus unserem letzten Hollandurlaub, und dampfendem Kamillentee mache ich mich wieder auf den Weg nach oben.

Oben angekommen, liegt Lotta schlafend in den Kissen. Leise stelle ich die Teetasse neben ihr Bett auf die Kommode. Wo ist die Zeit nur geblieben?, denke ich, als ich meine vierzehnjährige Tochter anschaue. Die langen braunen Haare verdecken fast ihr hübsches Gesicht. Die kleine Nase und ihr voller Mund, wieder denke ich an ihren leider schon viel zu früh verstorbenen Vater. Wie stolz er jetzt wohl auf sie wäre? Na ja, etwas schulfaul ist sie schon, aber immerhin hat sie es von der Hauptschule auf die Realschule geschafft und möchte noch ihr Fachabitur machen. Die Pubertät lässt natürlich auch grüßen und manchmal ist sie wirklich unausstehlich.

Aber so lieb und unschuldig, wie sie jetzt da liegt, bin ich richtig stolz auf meine Älteste. Leise ziehe ich die Tür ihres Zimmers hinter mir zu.

An der Haustür klingelt es Sturm und ich renne schnell nach unten, um die Tür zu öffnen, damit Lotta nicht wieder wach wird.

»Guten Morgen, meine Liebe, habe frische Brötchen mitgebracht!« Mit einem frechen Grinsen drängt sich meine Freundin an mir vorbei in die Küche.

»Hallo, Ina, du bist aber zeitig dran heute. Was gibt es denn so Wichtiges, dass du mich schon so früh beehrst?«, antworte ich ihr und drücke ihr einen Schmatzer auf die Wange.

»Hast du Zeit oder soll ich ein anderes Mal kommen?«, fragt sie mich und holt die Teller aus dem Küchenschrank.

»Nein, ist schon okay, nur hatte ich heute Morgen schon etwas Stress. Lotta liegt oben und hat sich gestern Abend beim Italiener den Magen verdorben. Und dann noch die beiden Kleinen, der Hund und … nun ja, der ganz normale Wahnsinn halt, wie immer!«

Ina schaut mich mit ihren großen blauen Augen strahlend an und lacht.»Genau, deshalb bin ich hier.«

»Was soll das denn nun wieder heißen?«, frage ich. »Du sprichst in Rätseln. Könntest du mir bitte jetzt sagen, was los ist?«

Unbeeindruckt von meiner Ungeduld stellt meine Freundin Marmelade, Butter und die Brötchen auf den Tisch und meint: »Meine liebe Marie, setz dich bitte mal zu mir!«

Etwas irritiert schaue ich sie an.»Also, was ist jetzt?« Langsam werde ich unruhig. Ina lächelt nur und legt mir ein Prospekt auf den Tisch.

»Was ist das?«, frage ich sie, als hätte ich noch nie ein Reiseprospekt gesehen.

»Was ist das wohl, du Dummerchen. Nach was sieht es denn aus? Vielleicht nach einer Werbung für Rollatoren?«

Meine Freundin lacht so herzhaft, dass es durch das ganze Haus schallt.

»Ina, bitte nicht so laut. Lotta ist krank«, ermahne ich sie.

»Ja, ja, ich weiß, meine Liebe. Deine Kinder! Marie, jetzt hör mir bitte mal zu. Du denkst nie an dich und wenn du so weitermachst, haben deine Kinder bald keinen Vater und keine Mutter mehr!«

Oh, das saß! Erschrocken schaue ich Ina an und die Tränen schießen mir in die Augen.

»Sorry, Marie, ich wollte dich nicht verletzen«, sagt Ina sanft und schließt mich in die Arme.»Aber du musst wirklich mal etwas mehr an dich denken.«

Mit gesenktem Kopf sitze ich da und schluchze vor mich hin.»Ja, du hast recht. Ich habe mich die letzten vier Jahre seit Daniels Tod nur noch auf die Kinder fixiert. Aber sie sind das Einzige, was mir von ihm geblieben ist.«

Behutsam nimmt Ina meine Hand und sagt:»Ich weiß, aber du hast auch noch ein Leben jenseits von Kochtopf, Rasen-

mäher und Kamillentee.« Lächelnd zeigt sie auf das vor uns
liegende Urlaubsprospekt. »Deshalb habe ich beschlossen, du
und ich, wir fahren eine Woche allein ans Meer. Wie findest
du das, Marie?«

Erstaunt sehe ich sie an und antworte zögernd: »Eine Woche?
Ohne Kinder? Wie soll ich das denn organisieren?« Energisch
schüttelt Ina ihre blonden Locken und antwortet: »Nein, Marie, nicht schon wieder dieselben Ausreden! Damit kommst du
mir dieses Mal nicht durch. Ich habe schon mit deiner Mutter
gesprochen. Sie wohnt bekannterweise nicht gerade um die
Ecke, aber sie würde gerne eine Woche aushelfen.«

Meine Augen werden groß. »Was hast du gemacht? Meine
Mutter informiert? Ina, du bist echt …«

Sie lässt mich nicht ausreden, sondern hält ihren Zeigefinger
vor die Lippen. »Pssst, keine Widerrede. Wir fliegen, okay?«

Jetzt muss auch ich trotz Tränen lachen und antworte: »Du
bist mir ja eine, typisch für dich! Aber wohin willst du mich
denn entführen?«

Schelmisch schaut Ina mich an. »Ich dachte, vielleicht nach
Italien, Toskana oder noch weiter in den Süden. Da gibt es die
schönsten Männer!«

Jetzt kann auch ich mich nicht mehr halten und sage gluck-
send vor Lachen: »Ja, da hast du recht. In Italien wohnen die
hübschesten Männer!«

Sie zeigt auf eine Hotelanlage mit Riesenpool und Zimmer
mit Meerblick in Cagliari in der Toskana. Herrliche Pinien-
bäume und ein Strand mit weißem, feinem Sand, strahlend
blauer Himmel und Sonne ohne Ende.

»Das nehmen wir«, rufe ich euphorisch. »Ich sehe uns
schon an der Poolbar sitzen mit alkoholfreien Cocktails in
der Hand!«

Lachend schauen wir uns gemeinsam das Hotel genauer an.
Ina nimmt das Prospekt und sagt: »Das sieht echt toll aus,

Marie. Okay, gebongt. Das buche ich sofort heute Mittag! Wäre nur noch die Frage wann?« Also, ich habe in vier Wochen Urlaub und du kannst dir ja als Hausfrau und Mutter die Zeit aussuchen, oder?« Ihr Grinsen reicht inzwischen von einem Ohr zum anderen.

Kurz geht mir durch den Kopf, dass es keine so gute Idee ist, meine Mutter zu uns zu holen. Sie ist, vorsichtig ausgedrückt, eine sehr konservative Frau und regt sich immer über meine unkomplizierten Erziehungsmethoden auf. Aus diesem Grund haben wir uns auch immer wieder gestritten. Aber sei's drum, eine andere Alternative habe ich mit drei minderjährigen Kids leider nicht.»Alles klar, dann lass mich mal in den Kalender schauen!«, sage ich und hole meinen Terminplaner aus dem schönen, alten Eichenschrank im Wohnzimmer. Den hatte mein Mann noch vor seinem Tod restauriert. Dort habe ich alle unsere gemeinsamen Erinnerungen aufbewahrt …

Jetzt nur keine traurigen Gedanken aufkommen lassen, denke ich und beeile mich in die Küche zurückzukommen.

»Hey, Marie, ich dachte schon, du musst deinen Terminplaner erst noch drucken!«, neckt mich Ina.

»Haha, sehr witzig. Also, wie wäre die letzte Woche im Mai?«, frage ich.

Meine Freundin streckt den Daumen nach oben und lacht.

»Super … abgemacht! Ich freu mich so, endlich mal eine Woche mit meiner Lieblingsbestefreundin im Urlaub!«

Oh Gott! Als ich auf die Uhr schaue, sehe ich, dass es schon fast dreizehn Uhr ist.»Sorry, Ina, aber ich muss dich jetzt rauswerfen. Die Kids warten an der Schule auf mich, um ein Uhr ist Schulschluss!« Ungeduldig schiebe ich Ina zur Tür.

»Okay, okay, ich geh ja schon und träum schon mal von unserem Urlaub!«, ruft mir Ina zu, bevor sie in ihr Auto steigt und davonbraust. Puh, weg ist sie! Was habe ich jetzt gerade abgemacht? Eine Woche Urlaub am Meer? Ohne Kinder? Das muss ich erst einmal sacken lassen …

»Lotta, hast du ausgeschlafen?« Leise öffne ich die Tür und schaue nach meiner Ältesten.

»Mama, danke für den Tee, mir geht es schon viel besser!«, begrüßt mich meine Tochter und hat wirklich schon wieder eine rosige Gesichtsfarbe. »Was hast du denn mit Ina gerade besprochen, hab nur was von Italien und Urlaub gehört?« Fragend schaut sie mich an.

»Ach, eigentlich, äh, nix Wichtiges«, gebe ich stotternd zurück.

»Mama? Du sagst doch immer zu uns, wir sollen die Wahrheit sagen. Also, raus mit der Sprache!«

Schnell nehme ich die Tasse von der Kommode und antworte: »Ich muss jetzt die Kleinen von der Schule holen, bin gleich wieder da!« Und noch auf dem Weg nach unten höre ich Lotta rufen: »Haaalloo, Mama? Eine Antwort wäre schön!«

Eine halbe Stunde später sitzen Lotta, Mattis, Nele und ich am Küchentisch. Mit dem Urlaubsprospekt in der Hand stehe ich vor ihnen und denke: Wie sag ich's meinen Kindern? Stockend fange ich an, von Inas Plan zu erzählen und dass ich eine Woche alleine mit ihr nach Italien fliege.

»Ist ja toll, Mama, und wer bleibt in der Zeit bei uns?«, fragt Lotta mit großen Augen.

»Oma wird kommen«, sage ich und fühle, wie mich die Schuldgefühle zu überwältigen drohen. Jetzt bloß nicht kleinkriegen lassen davon!

»Oma???« Entgeistert schauen mich meine drei Kinder an.

»Ich mag keinen Spinat und bei Oma muss ich immer den ganzen Teller aufessen!«, ruft Nele.

»Mama, das ist doch nicht dein Ernst, oder?«, protestiert

meine Große. »Bei Oma dürfen wir kaum fernsehen und Tablet ist auch verboten. Sie sagt immer, in ihrer Jugend wäre sie bei den Pfadfindern gewesen und wir sollten raus in die Natur!« Mattis fängt fast an zu weinen.

»Also, Kinder, so schlimm wird es schon nicht werden. Ich sage Oma, was ihr dürft und Spinat musst du auch nicht essen, Nele«, wende ich mich an meine Jüngste.

Schweigend und mit unverhohlenem Trotz schauen sie mich an. Das schlechte Gewissen steigt schon wieder in mir hoch. Meine armen Kinder eine Woche mutterseelenallein!

Schon will ich das Ganze rückgängig machen, da kommt mir Lotta zuvor und sagt: »Also, ich denke, wir sollten Mama die Woche gönnen, sie hat es wirklich verdient! Und mit Oma das kriegen wir auch noch hin. Was meint ihr?« Schelmisch schaut sie ihre zwei Geschwister an.

Diese nicken plötzlich eifrig und Nele sagt: »Mama, bringst du mir eine Pizza mit?«

Lachend drücke ich sie an mich. Nur Lotta verzieht das Gesicht und meint: »Nee, lass mal, von Pizza habe ich die Nase voll!«

Der Urlaub rückt näher und es gibt noch viel zu tun. Vor allem meiner Mutter zu erklären, dass die Kinder nicht den Teller aufessen müssen und sie heutzutage auch ab und zu mal am Laptop sitzen dürfen, entpuppt sich als echte Herausforderung.

»Kind, ich rede dir ja ungern in deine Erziehung rein, aber zu unserer Zeit hätte es das nicht gegeben. Du lässt deinen Kindern zu viele Freiheiten. Wenn das nicht ein böses Ende nimmt. Aber na ja, ohne Vater ist das auch sehr schwer«, redet sie auf mich ein.

Ich versuche, es mir nicht anmerken zu lassen, aber langsam werde ich etwas ungeduldig.

»Mama, danke für deine Tipps. Ich weiß ja, dass du uns

liebst und es nur gut meinst«, entgegne ich ihr mit wachsender Ungeduld in der Stimme. »Aber bitte, die eine Woche versuche mich zu verstehen und mach dir und den Kindern keinen unnötigen Stress.«

Betroffen schaut sie mich an und plötzlich schimmern Tränen in ihren Augen, als sie sagt: »Marie, natürlich werde ich dir zuliebe keinen Stress machen, aber ich meine es doch nur gut, und im Übrigen, Spinat ist doch so gesund.«

Jetzt tut sie mir schon fast wieder leid und ich nehme sie liebevoll in die Arme. »Du hast ja recht und geschadet hat dein Spinat mir als Kind ja nun wirklich nicht.«

Wir müssen beide lachen, und ich bin froh, dass meine Mutter zwar oft sehr spießig, aber nicht nachtragend ist.

»Also, ihr Lieben!« Meine Stimme zittert, als meine Kinderschar samt Mutter am Tag der Abreise vor mir steht. »Benehmt euch gut, hört auf Oma und versteckt eure schmutzige Wäsche nicht im Schrank und Mattis, bitte klebe keinen Kaugummi unter Lottas Stuhl und ja, Lotta, geh bitte mit Rowdy raus, ehe er sein Geschäft im Flur verrichtet und Nele, Zähneputzen *mit* Zahnpasta bitte und …«

Meine Große unterbricht mich mitten im Satz: »Ja, ja, Mama. Wird alles zu deiner Zufriedenheit erledigt, jetzt fahr bitte, sonst kommst du zu spät zum Flughafen!«

Schnell packt sie meinen Koffer und verstaut ihn im Auto. Da bleibt mir jetzt wohl nur noch Lebewohl zu sagen.

»Soll ich wirklich fahren?« Unsicher schaue ich meine drei Kinder an und drücke einen nach dem anderen fest an mich. Die Tränen kullern bei mir und meiner Kleinsten.

»Hey, Nele, lass Mama jetzt endlich los und mach nicht so einen Aufstand«, meint Mattis bei dem tapferen Versuch, seine Gefühle nicht zu zeigen. Er ist schließlich der große Bruder!

»Pass auf dich auf, Kind«, sagt meine Mutter mit Tränen in

den Augen, »und melde dich, wenn du angekommen bist.«
Schnell drücke ich auch sie noch einmal fest an mich.

Lotta, die hinter uns steht, verdreht die Augen und sagt:
»Also, ihr tut ja gerade, als ob Mama einen Mondflug ohne
Rückschein gebucht hätte. In einer Woche ist sie doch schon
wieder da!«

Das stimmt wohl, aber trotzdem fühlt es sich ungewohnt
und schmerzlich an. Schließlich war ich noch nie ohne meine
Kinder im Urlaub. Jetzt, wo es so weit ist, fühle ich mich wie
eine Rabenmutter ...

... nur die Rabenmutter sitzt jetzt im Auto und der Flug ist
gebucht ... späte Einsicht!

»Hallo, Marie!« Schon von weitem winkt mir Ina zu, die mit
vollem Gepäckwagen am Flughafeneingang steht.

»Hi, Ina!«, rufe ich zurück und ziehe meinen schweren Koffer hinter mir her. Warum muss ich auch so viel mitnehmen?,
denke ich und versuche, so schnell es geht, in Richtung Eingang zu steuern. Ganz sicher muss ich Übergepäck zahlen, bei
Ina sieht es dem Anschein nach auch nicht besser aus.

»Puh, was eine Schlepperei«, keuche ich und umarme sie.

»Ja, ja, Mariechen, wir werden halt nicht jünger«, lacht Ina
und drückt mir einen Schmatzer auf die Wange. »Jetzt geht
unser Abenteuer los. Ich freu mich echt irre, endlich mal eine
Woche mit dir unter Palmen, Strand und Meer!« Sie strahlt
wie ein kleines Mädchen, das zum Geburtstag seine Kerzen
auf der Torte auspusten darf.

»Ich freu mich auch, nur du weißt ja, meine Kids zu Hause
zu lassen war echt nicht einfach für mich. Da hast du es als
Single einfacher.«

Ina schiebt mich in Richtung Abflughalle und meint: »Ja,
da hast du recht, aber das Singleleben kann auch manchmal
richtig anstrengend sein.« Der Check-in klappt ohne Probleme

und so fliegen wir schon nach kurzer Zeit über den Wolken Richtung Süden.

»Schau mal, Marie, wie herrlich die Aussicht ist, da unten sieht man das Meer! Wir sind schon im Landeanflug!« Ina ist ganz aufgeregt und versucht, mich näher ans Fenster zu ziehen.

»Lass mal, Ina, danke, ich hab's nicht so mit der Höhe, weißt du doch«, antworte ich ihr knapp. Den ganzen Flug hatte ich Angst vor diesem Moment. Bitte, lieber Gott, lass es mir jetzt nicht schlecht werden, denke ich und merke schon, wie mir heiß und kalt wird, schnell schicke ich ein Stoßgebet nach oben.

»Oh, Marie, du bist ja kreidebleich!« Ina schaut mich entgeistert an und ehe ich etwas antworten kann, entleert sich mein Mageninhalt auf die Hose meines Sitznachbarn.

Der schaut mich mit vor Ekel verzerrtem Gesicht stumm an. Ich fühle mich noch viel schlechter, als ich das Ausmaß meiner Entleerung sehe. »'tschuldigung …«, stottere ich und versuche, mit Taschentüchern das Malheur zu beseitigen, was natürlich nur in Maßen gelingt.

»Lassen Sie das!«, empört sich mein Sitznachbar in gebrochenem Deutsch mit holländischem Akzent. »Sie machen ja alles nur noch schlimmer!«

Mittlerweile hat das ganze Flugzeug mitbekommen, dass in Reihe elf Sitz B ein kleines Unglück passiert ist. Die Flugbegleiterin eilt mit feuchten Tüchern und Wasser herbei. »Kann ich was für Sie tun?«, schaut sie abwechselnd mich und meinen Nachbarn an.

»Danke, ich bin bedient«, antwortet er schroff und eilt in Richtung Toilette. Ina, die das ganze Spektakel wortlos beobachtet hat, fängt auf einmal an zu prusten und grinst. »Sorry, Marie, aber das sah zu komisch aus, wie in einer Comedyserie.

Geht es dir denn jetzt etwas besser?«Ohne eine Antwort abzuwarten, fährt sie fort:»Mach dir keinen Kopf um den Miesepeter neben dir, du hast es doch nicht extra gemacht. Schließlich kann es jedem mal schlecht werden.« Mir wird bei dem Gedanken an den Herrn links neben mir schon wieder übel. Die Flugbegleiterin reicht mir ein feuchtes Tuch.

»Vielen Dank, sehr nett«, antworte ich mit hochrotem Kopf und möchte vor lauter Scham in den Boden versinken.

»Mensch, Marie, da hast du aber intuitiv reagiert und die Ladung nebenan entsorgt. Deine Hose ist ja noch sauber!« Grinsend schaut Ina mich an und sagt:»Komm, jetzt mach mal wieder ein anderes Gesicht, wir landen gleich und dann ist alles bald vergessen.«

Heilfroh steigen wir zwanzig Minuten später aus dem Flugzeug. Mein ehemaliger Sitznachbar spricht kein einziges Wort mehr mit mir und verschwindet eilig in der Menschenmenge.

Kurze Zeit später sitzen wir im Taxi Richtung Hotel. Es ist heiß und die Sonne brennt vom blauen Himmel.

»Herrlich. Endlich Urlaub!«, ruft Ina aus, als wir zwanzig Minuten später in der wunderschönen Empfangshalle des Hotels stehen.

»Supercoole Einrichtung und alle so freundlich. Ich denke, wir haben eine gute Wahl getroffen!«, antworte ich ihr, als wir die Zimmerschlüssel entgegennehmen.

Wenig später sitzen wir auf unserem Hotelbalkon und genießen die Aussicht auf das azurblaue Meer.

Das Zimmer ist wunderschön, mit breitem Bett und geschmackvoller Bettwäsche.

Kuschelige Bademäntel hängen am Haken hinter der Tür und weiße Rosen stehen auf dem kleinen Tisch. Paradiesische Palmen wiegen sich im Wind vor unserem Hotel.

»Ach, Marie, hier kann man es aushalten, oder?« Meine Freundin hat es sich schon mit einem Gläschen Sekt aus der Minibar gemütlich gemacht.

»Hey, Ina, es ist doch erst Nachmittag«, grinse ich sie an. Lachend gibt sie zurück: »Ja, ja, Mariechen, mein Moralapostel. Jetzt sind wir im Urlaub und jetzt genieße ich jede Minute. Setz dich zu mir und nimm auch ein Schlückchen, dann kommst du in Stimmung!« Ausgelassen schwenkt sie ihr Sektglas hin und her. »Haha, du weißt doch, dass ich keinen Alkohol trinke, aber lass es dir schmecken. Ich habe einen leckeren Orangensaft entdeckt«, antworte ich und schließe die Tür der Minibar.

»Herrlich, die Aussicht auf den Strand. Ich freue mich schon auf morgen, endlich im Meer baden«, verkündet Ina und räkelt sich gemütlich auf ihrem Liegestuhl.

»Oh ja, da freue ich mich auch schon. Heute ist es leider schon zu spät. Wir können jetzt nur noch das leckere Abendbüfett genießen. Ich gehe dann mal duschen, muss unbedingt raus aus den verhängnisvollen Klamotten«, erkläre ich.

»Ja, geh nur, Marie, du hast es dir nach dem aufregenden Flug verdient!« Sie lacht und schüttet sich noch ein Glas Sekt nach.

Ah, das tut gut! Es geht eben nichts über eine erfrischende Dusche nach einem anstrengenden Tag.

Schnell schlüpfe ich in mein neues Neckholderkleid, das ich mir extra für den Urlaub geleistet habe. Sieht nicht schlecht aus, denke ich, als ich mich im Spiegel sehe. Wann habe ich mich in den letzten Jahren das letzte Mal schick gemacht? Für wen auch? Den Kindern gefalle ich auch in meiner Jeans mit Turnschuhen. Früher, als Daniel noch …

»Marie, bist du so weit?«, reißt mich Ina aus meinen Gedanken. »Dann könnte ich auch noch duschen, bevor ich hier festklebe!«

Grinsend steht sie neben mir im Bad. »Hey! Superschönes Kleid, du siehst echt umwerfend aus. Die Männerwelt wird sich nach dir verzehren.« Anerkennend schaut sie mich an.

»Jetzt übertreib aber nicht! Ich bin noch ziemlich blass und hoffe, dass ich die nächsten Tage etwas Sonne abbekomme«, gebe ich zurück.

»Ja, ja, Marie. Du wirst schon merken, wie die Männer dir hinterherpfeifen«, schmunzelt sie und steigt in die Dusche.

Oh, es ist schon fast neunzehn Uhr. Ich muss unbedingt zu Hause anrufen! Da meine Mutter sich weigert, ein Handy zu besitzen, wähle ich unsere Festnetznummer.

»Hallo, bei Kramer?« Meine Mutter ist sofort am Telefon.

»Mama? Hier ist Marie. Wie geht es den Kindern und dir?«, sprudelt es aus mir heraus. Auf einmal ist das Heimweh riesengroß.

»Ach, Marie, seid ihr gut angekommen? Hier ist alles in Ordnung«, antwortet meine Mutter.

»Ja, es hat alles gut geklappt. Wir hatten einen guten Flug und haben ein sehr schönes Hotel«, antworte ich nicht ganz wahrheitsgetreu. Das mit dem Missgeschick im Flieger lasse ich besser aus, da meine Mutter mir dann wieder eine Predigt über das ach so gefährliche Fliegen hält.

»Sind die Kleinen schon im Bett?«, frage ich weiter.

»Natürlich, Marie, was denkst du denn? Wir haben schon fast zwanzig Uhr. Morgen ist wieder Schule. Du musstest immer schon um neunzehn Uhr ins Bett und es hat dir nicht geschadet. Die Kinder heutzutage haben so viel Stress, da ist ein gesunder und angemessener Schlaf sehr wichtig!«, belehrt sie mich.

Jetzt nur keine Grundsatzdiskussion über Kindererziehung am Telefon, denke ich und gebe schnell zurück: »Äh ja, Mama, du hast ja recht. Und Lotta? Ist sie vielleicht noch wach?«, frage ich vorsichtig.

»Lotta? Sie ist natürlich noch nicht im Bett! So altmodisch bin ich schließlich nicht. Sie ist in ihrem Zimmer und telefoniert oder schreibt irgendwelche Nachrichten mit ihrem Handy. Also, Marie, auch da möchte ich dir natürlich keine Vorschriften machen, aber muss ein vierzehnjähriges Mädchen schon ein eigenes Handy haben? Zu deiner Zeit hätte es das nicht gegeben ...«

Nur die Ruhe bewahren Marie!, denke ich und versuche so freundlich wie möglich zu klingen: »Mama, ein Handy ist heute aus dem Leben eines Teenagers nicht mehr wegzudenken und außerdem ist es auch oft von Vorteil. Damit kann ich sie immer erreichen.«

Auf der anderen Seite der Leitung höre ich ein leises Seufzen. »Na ja, das musst du entscheiden«, antwortet sie knapp. So ist meine Mutter, was die Erziehung angeht, haben wir zwei leider ganz unterschiedliche Ansichten und da ich sie nicht verletzen will, halte ich mich wieder einmal zurück.

»Okay. Danke, Mama, sag den Kids liebe Grüße und gib ihnen einen dicken Kuss von mir. Ich melde mich morgen wieder und mach dir noch einen schönen Abend«, sage ich vorsichtig.

»Dir auch einen ruhigen Abend, mein Kind, und liebe Grüße an Ina.« Klick und schon ist sie weg ...

2. Kapitel

Was ein Buffet! Das Restaurant ist gut gefüllt mit Gästen, die sich die leckeren Speisen auf ihre Teller laden. Ina und ich stellen uns in die Reihe und der Geruch gebratener Hähnchenschenkel, gefüllter Champignons, frischer Salatkreationen und herrlicher Soßen steigt in meine Nase.

»Jetzt habe ich aber einen Mordshunger«, grinst Ina und schubst mich in Richtung eines lecker aussehenden Gemüseauflaufs.

»Die Augen möchten oft mehr, als der Magen vertragen kann …«, gebe ich schmunzelnd zurück und nehme mir einen der vorgewärmten Teller.

Ist das nicht …? An einem der Tische erkenne ich den Mann aus dem Flugzeug, über dem ich meinen Mageninhalt entleert habe. Oh Gott, Hilfe! Boden, öffne dich, damit ich in dir versinken kann.

Schnell gehe ich mit gesenktem Kopf an ihm vorbei. Hoffentlich hat er mich nicht erkannt, denke ich und versuche krampfhaft, möglichst unbemerkt zu bleiben.

»Was machst du denn für ein Gesicht? Hast du einen Frosch verschluckt?«, fragt mich Ina und setzt sich zu mir an den Tisch.

»Guten Appetit, lass es dir schmecken«, antworte ich mit gespielter Lässigkeit und schaue immer noch angestrengt auf meinen Teller. Mir ist der Appetit vergangen und ich stochere lustlos in meinem Essen.

»Schmeckt es dir nicht oder warum guckst du so gequält?« Ina beißt beherzt in ihr Käsebaguette.

Mit einem verschwörerischen Blick in Richtung Nebentisch sage ich: »Äh doch, aber mir ist gerade etwas der Appetit vergangen. Schau mal möglichst unauffällig in meine Richtung!«

Mit aufgerissenen Augen schaut Ina abwechselnd zu mir und dann wieder zu dem Nachbartisch. Mein Flugbegleiter hat uns noch nicht bemerkt und stochert ebenfalls wenig begeistert in seinem Obstsalat herum. »Ach du meine Güte. Marie, ist das nicht der Miesepeter aus dem Flugzeug?«, flüstert Ina mir zu. »Du hast es erfasst«, antworte ich leise. »Was sollen wir denn jetzt machen?« Mir ist schon wieder übel und ich würde mich am liebsten ins Hotelzimmer beamen. Nur keine Peinlichkeiten mehr für heute, mein Bedarf ist gedeckt …

»Puh, das war knapp«, sagt Ina, als wir kurze Zeit später wieder auf unserem Balkon sitzen. »Gott sei Dank konnten wir uns noch unbemerkt davonschleichen.« Meine gute Stimmung ist dahin. »Was ein Mist, dass der ausgerechnet in unserem Hotel auftaucht!«

Meine Freundin schielt zu mir rüber und lächelt. »Tja, unverhofft kommt oft. Wir lassen uns die Laune doch jetzt nicht verderben, Marie. Schau mal, der sternenklare Himmel, was für eine herrliche Nacht und morgen fängt unser Urlaub erst richtig an!« Damit soll sie recht behalten.

Die ganze Nacht schlafe ich wie ein Murmeltier und als ich auf die Uhr schaue, ist es schon neun Uhr morgens.

»Moin, moin, Ina, gut geschlafen?« Gähnend schaue ich zu meiner Bettnachbarin und sehe nur ein Büschel blonder Haare unter der Bettdecke hervorlugen. Noch im Halbschlaf räkelt sie sich und nuschelt: »Moin, Marie, auch schon wach, wie spät ist es?«

Mit einem Satz bin ich aus dem Bett und öffne die Balkontür. Ein angenehm warmer Wind und der salzige Meeresgeruch strömen in unser Zimmer. »Schon neun Uhr, aufstehen, du Faultier!«, verkünde ich lachend.

»Ein sonniger Tag wartet auf uns und leckeres Frühstück.« Ina schält sich langsam aus dem Bett und trottet ins Badezimmer. »Mach mich nur kurz frisch, dann können wir gehen«, höre ich sie sagen. Schnell ziehe ich mein neues Kleid an und eine Viertelstunde später sind wir beide auf dem Weg zum Restaurant.

»Ich hoffe, dass der Miesepeter von gestern nicht auch wieder da ist«, sage ich und schaue mich vorsichtig um.

»Marie, jetzt hör mir mal bitte zu! Du kannst doch jetzt nicht den ganzen Urlaub auf der Flucht sein. Wir sind hier, um uns ein paar schöne Tage zu machen!« Meine Freundin ist sichtlich gereizt.

»Ja, du hast recht, aber ich verspreche dir, ich versuche das Beste daraus zu machen!«, antworte ich ihr und rücke meinen Stuhl im Restaurant zurecht. Lachend schaut sie mich an und sagt: »Dein Wort in Gottes Ohren. Jetzt lass uns frühstücken und im Übrigen habe ich deinen Miesepeter noch nirgends entdeckt. Scheint wohl ein Frühaufsteher zu sein.« Tatsächlich, die Luft ist rein! Endlich kann ich das leckere Frühstück genießen und mache mir den Teller randvoll mit Croissants, Marmelade und frischgepresstem Orangensaft. »Ich glaube, bei diesem Buffet nehme ich fünf Kilogramm in einer Woche zu«, scherzt Ina und holt sich noch einen herrlich dampfenden Milchkaffee.

»Oje, das könnte mir auch passieren, Ina! Warum haben wir auch nur all inclusive gebucht? Das wird uns bestimmt zum Verhängnis!«, antworte ich grinsend.

Eine Stunde später liegen wir am schneeweißen Sandstrand und schwitzen in der heißen Sonne.

»Herrlich, es ist einfach traumhaft hier!« Ina legt sich ihr Badetuch zurecht und grinst mich unternehmungslustig an.

»Was machen wir heute noch mit dem angefangenen Tag oder, besser noch, was machen wir heute Abend?«

Langsam setze ich mich auf und schaue auf das glitzernde Meer. Ich könnte noch ewig hier liegen und vor mich hin träumen, aber meine Freundin schubst mich neckend von der Seite an.

»Tja, mach einen Vorschlag, was denkst du?«, antworte ich ihr und schüttele den Sand aus meinen kurzen braunen Haaren.

»Wie wäre es mal wieder mit Tanzen, Marie?«

Zweifelnd schaue ich meine Freundin an. »Tanzen? Weißt du, wann ich das letzte Mal getanzt habe? Ich glaube, das ist gefühlt schon hundert Jahre her.«

Ina grinst schelmisch und antwortet: »Genau, deshalb musst du ja mal wieder aufs Tanzparkett. Wir gehören mit unseren vierzig Jahren doch noch nicht zum alten Eisen. Ich fühle mich momentan wie zwanzig!«, lacht sie und schiebt ihre Sonnenbrille in ihre blonden Locken. Sie ist einfach eine tolle Erscheinung, kurvige Rundungen, blitzblaue Augen und ein charmantes Lächeln. Warum sie bis jetzt noch keinen passenden Partner gefunden hat, ist mir ein Rätsel. Irgendwie gerät sie immer an die falschen Männer, und O-Ton Ina: Entweder sind diese besetzt oder beschissen.

Bei dem Gedanken an ihre direkte Ausdrucksweise muss ich lächeln. Sie ist meine beste Freundin und deshalb möchte ich ihr die Idee mit dem Tanzen auch nicht ausreden: »Okay, dann lass uns heute Abend mal die Diskotheken hier aufsuchen, vielleicht haben die ja auch etwas für uns Alte im Angebot«, antworte ich grinsend.

Ina springt auf und winkt mir zu. »Komm, lass uns jetzt erst mal ins kühle Nass springen und danach zeige ich dir, warum ich Übergepäck bezahlen musste. Mein Koffer ist voll mit Klamotten, die unbedingt eine Disco von innen sehen wollen!«

Übermütig zieht sie mich in Richtung Meer.

»Hey, Ina, von deinen Sachen musst du mir aber sicher etwas

ausleihen. Du kennst doch meine Garderobe. Die ist doch eher diskothekenuntauglich!«, rufe ich ihr lachend hinterher.

Ein herrlicher Strandtag liegt hinter uns. Mein nasser Badeanzug und Inas Bikini hängen schon gemeinschaftlich zum Trocknen auf unserem Balkon. Meine Hautfarbe ist das Schönste an mir, denke ich, als ich mich am Abend im Spiegel betrachte. Noch nie habe ich einen Sonnenbrand bekommen und auch heute habe ich wieder eine schöne braune Färbung bekommen. Die arme Ina hingegen ist krebsrot im Gesicht und ihre Arme sind mit Pusteln übersät. »Oh mein Gott, Ina. Wie siehst du denn aus!?«, rufe ich erschrocken, als sie aus der Dusche kommt.

»Schrecklich, immer diese Sonnenallergie«, jammert sie. »Ich habe es heute Mittag am Strand schon gemerkt, dass wieder was im Anmarsch ist!«

Sie schmiert sich eine weiße Ladung After Sun in ihr Gesicht. »Willst du denn immer noch in die Disco? Ich meine, wenn es dir nicht gut geht, können wir auch auf dem Zimmer bleiben«, sage ich mitfühlend.

Sofort schüttelt sie ihren hochroten Kopf. »Nein, nein, kommt nicht in Frage. Wir gehen! Ich kenne dich, du suchst schon wieder nach einer Ausrede.« Meine beste Freundin, sie kennt mich einfach zu gut. Ihr kann ich nichts vormachen. Eigentlich wäre es mir ganz recht gewesen, wenn wir unseren Discobesuch noch um ein paar Tage verschoben hätten. Aber nun denn, jetzt muss wohl ich aus meiner Komfortzone raus. Wer weiß, für was es gut ist.

»Himmel! Was soll ich nur anziehen?« Ina steht hilflos vor unserem Bett, auf das sie die Hälfte ihrer Kleidung ausgebreitet hat. »Jetzt habe ich schon meinen ganzen Kleiderschrank eingepackt und weiß immer noch nicht, was ich anziehen soll. Marie, was meinst du, stehen mir die Jeansshorts oder habe ich zu dicke Beine?«

Unsicher schaut sie mich an und verzieht ihren Mund zu einer Schnute. »Mensch, Ina, du hast doch keine dicken Beine und Cellulite hast du auch nicht, im Gegensatz zu mir …«, gebe ich zurück und schaue meine Oberschenkel an, die schon merklich mitgenommen aussehen. Ja, so eine Schwangerschaft macht eine Frau nicht unbedingt schöner, denke ich und betrachte mich kritisch im Spiegel. »Also, wenn es eine tragen kann, dann wohl du!«, sage ich energisch und drücke ihr noch ein passendes Top in die Hand. »Zieh das noch an und deine weiße Seidenbluse drüber, das sieht echt lässig aus. Die Männer werden Schlange stehen, um mit dir tanzen zu dürfen.«

»Haha, Marie. Danke für die Komplimente, wenn nur die Hälfte der Männer bei mir Schlange steht, wäre ich schon dankbar!«, lacht jetzt auch Ina.

Das größere Problem bin ja wohl ich. Was soll ich anziehen? Außer dem neuen Neckholderkleid habe ich nichts Passables dabei und für eine Disco sind meine Sachen alles andere als trendy, geschweige denn sexy.

Ina scheint meine Gedanken zu lesen. »Für dich habe ich eine supertolle Stretchjeans mit kleinen Strasssteinen, damit wirst du cool aussehen, Marie!« Schnell sucht sie die Hose aus ihrem Fundus und zieht noch einen schwarzen Blazer unter dem Bett hervor. »Den nimmst du auch noch dazu. Das sieht top aus!«, ruft sie begeistert und drückt mir die Sachen in die Hand.

»Meinst du wirklich? Ich finde, in der Hose sehe ich aus wie eine Presswurst. Die ist mir doch viel zu eng. Guck mal meine Oberschenkel an!«, antworte ich mit zerknirschtem Blick. »Die sind nicht so zierlich wie deine, eher Modell Elefantenbein.«

Ina lacht aus vollem Hals und wirft sich aufs Bett.

»Du und dein trockener Humor, Mariechen, dafür lieb ich dich so!«

3. Kapitel

Noch keine Stunde später stehen wir in der Warteschlange vor der Diskothek *Lightnight*. Angeblich soll es die angesagteste Disco für »Menschen mit Niveau über vierzig« sein. Ich bin aufgeregt wie ein Teenager, der das erste Mal tanzen gehen darf, und die Hose zwickt mich jetzt schon unangenehm. Ina meint, das Stretchmaterial würde bei längerem Tragen nachgeben. Oje, ich merke noch nichts davon, wenn ich die ganze Nacht die Luft anhalten muss, kann ich mir das Tanzen ohnehin abschminken! Und dann noch die Schuhe, die meine beste Freundin mir verpasst hat! Ich laufe wie auf heißen Kohlen, sind doch meine Füße sonst nur an Turnschuhe gewöhnt! Das kann ja ein lustiger Abend werden, denke ich und schiebe mich weiter nach vorne. Gerade als wir fast an der Kasse sind, fällt mir ein, dass ich meine Mutter heute noch nicht angerufen habe. Oh Schreck! Rabenmutter, Rabenmutter, höre ich meine Kinder in Gedanken rufen.

»Ina, ich muss schnell noch zu Hause anrufen. Geh du schon rein, ich komme nach«, sage ich hektisch zu ihr.

»Okay, du unverbesserliches Muttertier, aber beeile dich bitte und sprich nicht wieder so lange. Ich warte an der Theke auf dich«, antwortet Ina und verschwindet in der Menge. Schnell wähle ich unsere Festnetznummer und bemerke in diesem Moment, dass es schon dreiundzwanzig Uhr ist!

Oh nein, schon so spät! Meine Mutter liegt jetzt schon längst im Bett und wenn ich sie jetzt aufwecke, bekommt sie vor lauter Schreck vermutlich eine Herzattacke. Also lieber dann doch auf morgen verschieben … Mein schlechtes Gewissen kneift und piesackt mich.

Voller Schuldgefühle betrete ich die Diskothek und die künstlichen Nebelschwaden wabern mir entgegen. Wo ist

Ina? Und wo verflixt ist diese Theke? Langsam taste ich mich vor und erkenne umrissweise die Tanzfläche. Die Menschen bewegen sich dichtgedrängt im Rhythmus der Discomusik ekstatisch hin und her. Aus den Lautsprecherboxen schreit der italienische DJ mir direkt ins Ohr. »Amore, Amore, Amore!« Was das heißt, weiß ich noch von alten italienischen Liebesliedern. Da hört mein Sprachschatz auf Italienisch aber auch schon auf. Langsam gewöhnen meine Augen sich an das Licht und die Nebelschwaden. Als ich mich umsehe, bemerke ich, dass es sich um eine Großraumdisco handeln muss. Überall verschiedene Ebenen mit Tanzflächen und natürlich Theken. An welcher Theke steht nun Ina? Fast schon bin ich der Verzweiflung nah, als ich sie winkend ein paar Meter vor mir an einer der Theken stehen sehe.

»Marie, hallo! Hier bin ich!«, ruft sie und fuchtelt wild mit den Armen. Erleichtert laufe ich auf sie zu und bin heilfroh, sie gefunden zu haben. »Ina, Gott sei Dank! Ich dachte schon, du wärst verschollen und wir würden uns hier nie mehr sehen. Das ist ja eine Riesendisco und so laut!«, schreie ich sie über den Lärm der Musik hinweg an.

Glücklich nimmt sie mich in die Arme und antwortet: »Ja, da hast du recht. Ziemlich laut, aber man gewöhnt sich dran. Komm, lass uns tanzen! Deshalb sind wir doch hier, oder?« Ohne dass ich ihr etwas entgegnen kann, zieht sie mich auf die brechend volle Tanzfläche.

»Super, mal wieder richtig abtanzen, wann haben wir das das letzte Mal gemacht, Marie? Mach dich locker und genieße jetzt endlich, du hast es dir verdient!«, versucht sie gegen den lauten Bass aus dem Lautsprecher anzuschreien.

Wahrscheinlich hat sie recht und ich sollte jetzt einfach mal abschalten und die Tage genießen und nicht immer über alles erst nachdenken. Also, Marie, mach dich mal locker!, sage ich zu mir und lasse mich von der Musik und der ausgelassenen Stimmung mitreißen. Es ist herrlich! Nach einer Dreiviertelstunde Tanzen und Lachen sitzen wir völlig verschwitzt, aber glücklich an der Bar.

»Hey, du bist ja richtig abgegangen. Hast du einen Schalter umgelegt? So gefällst du mir wieder, alte Freundin!«, meint Ina und drückt mir einen Schmatzer auf die Wange. »Und nun, zur Feier des Tages, trinkst du noch ein Gläschen Sekt mit mir, bitte!« Schnell schüttet sie Sekt aus einer Flasche in zwei Gläser und hält mir das Glas unter die Nase. Unsicher schaue ich sie an. »Soll ich wirklich? Du weißt doch, ich trinke nie und eigentlich vertrage ich auch keinen Alkohol.«

Lachend prostet sie mir zu: »Dann wird es jetzt mal Zeit, dass du dich daran gewöhnst. Also, ein Prost auf uns und unser Leben!«

Jetzt kann auch ich ihr nichts mehr entgegensetzen und hebe mein Glas. In einem Schluck leere ich es und stelle zum ersten Mal in meinem Leben fest, dass Alkohol gar nicht so schlecht schmeckt.

»Lecker, gieß ruhig nochmal nach, Ina!«, sage ich und halte ihr mein leeres Sektglas hin.

Die Hitze macht durstig und das Tanzen tut sein Übriges, als ich nun schon mein viertes Glas leere.

»Mariechen, was ist denn los mit dir, dir scheint es ja echt zu schmecken?« Ina strahlt über das ganze Gesicht und prostet mir zu. Wann habe ich in meinem Leben jemals so viel Sekt auf einmal getrunken? Selbst als junges Mädchen habe ich dem Alkohol immer brav widerstanden. Das war für die anderen aus meiner Clique immer sehr praktisch, weil sie so immer eine Fahrerin hatten.

»Oje, Ina, ich glaube, ich muss mal dringend zur Toilette!« Meine viel zu enge Hose wird mir langsam zum Verhängnis. Es drückt und zwickt jetzt noch viel mehr mit voller Blase.

Von wegen die wird beim Tragen noch weiter! Mit leicht verzweifeltem Blick schaue ich zu Ina. »Weißt du, wo hier die Toiletten sind?«

Sie hat sofort den Ernst der Lage erkannt und zieht mich hinter sich her durch die wabernden Schwaden der Nebelmaschine.

»Da vorne!«, ruft sie mir zu und steuert auf eine Tür mit nicht zu übersehendem Piktogramm. In letzter Sekunde bekomme ich die enge Hose runtergezogen.

Gott sei Dank! Jetzt erst merke ich, dass mir etwas schwindelig ist, und ich bin froh, als Ina mich vor der Toilettentür in Empfang nimmt. »Mein Gott, war das knapp. Ich hätte keine Sekunde länger ausgehalten!«, sage ich erleichtert.

»Du hast auch ganz schön schnell abgekippt. Komm, lass uns wieder zurückgehen, oder willst du hier auf dem Klo übernachten?«, lacht sie mich an.

Kurze Zeit später sitzen wir wieder mit einer neuen Flasche Sekt an der Bar.

»Langsam finde ich Gefallen an dem frischen, leckeren Geschmack. Und das in meinem Alter, Ina!« Übermütig proste ich meiner Freundin zu. Wenn nur die Hose nicht so kneifen würde und die Füße brennen auch schon in den hohen Hacken. Ja, ja – wer schön sein will, muss leiden, geht es mir durch den Kopf.

»Hey, Marie, lass uns nochmal das Tanzbein schwingen!«, ruft Ina mir zu und zieht mich abrupt vom Barhocker.

Da passiert es. Ich verliere mangels Stehvermögen und den viel zu hohen Absätze das Gleichgewicht, das Sektglas fliegt mir im hohen Bogen aus der Hand und ich lande unsanft vor zwei Hosenbeinen auf dem Boden.

»Entschuldigung, darf ich Ihnen aufhelfen?«

Erschrocken schaue ich in zwei strahlend blaue Augen, in denen ich mich gerade verliere, es zuckt durch meinen ganzen Körper.

»Haben Sie sich verletzt?« Die Hosenbeine mit den dazuge-
hörenden Augen helfen mir höflich auf den Barhocker. Diesen
Akzent kenne ich doch … das ist doch … Oh Gott, das ist der
Holländer aus dem Flugzeug! Nicht schon wieder, denke ich
und die Schamesröte steigt mir ins Gesicht.

Jetzt ist auch meine Freundin aus der Schockstarre erwacht
und meint entschuldigend:»Marie, was war das denn? Ich
konnte dich leider nicht mehr halten, sorry!«

Mit schamvoll gesenktem Blick stammele ich:»Kein Problem, bin wohl abgerutscht. Der Herr war so nett und hat mir
aufgeholfen. Danke.« Nun merke ich, dass der Alkohol seine
Wirkung zeigt.

»Van Stappen, Gerrit van Stappen«, stellen sich die Hosenbeine vor.»Ich glaube, wir hatten schon einmal das Vergnügen.« Der Spott in seiner Stimme ist nicht zu überhören.

Mist, sowas kann nur mir passieren, denke ich und versuche,
mir die peinliche Situation nicht anmerken zu lassen.»Ach
ja, jetzt fällt es mir ein. Wir hatten schon eine Begegnung auf
dem Flug von Düsseldorf. Tut mir wirklich leid, dass ich Ihnen schon wieder Unannehmlichkeiten mache, ist sonst nicht
meine Art«, antworte ich mit hochrotem Kopf und Ina fügt
noch in ihrer ehrlichen, naiven Art hinzu:»Nein, wirklich.
Solche Dinge passieren eigentlich nur mir. Marie ist sonst sehr
brav und hat heute Abend nur etwas viel Sekt getrunken!« Oh
mein Gott! Wie peinlich kann es noch werden?

»Entschuldigung, dass ich mich Ihnen noch nicht vorgestellt
habe. Marie, Marie Kramer«, sage ich und strecke ihm steif
meine Hand entgegen.

Er schüttelt sie kurz und antwortet schmunzelnd:»Ich wünsche den Damen noch einen schönen Abend und vielleicht
sieht man sich ja noch einmal unter anderen Umständen.« Und
schon ist er in den Nebelschwaden verschwunden.

War das jetzt eine Fata Morgana? Ina schaut mich entgeistert an und den holländischen Hosenbeinen hinterher. »Das gibt es doch nicht. Hier gibt es so viele Männer in der Disco und wem fällst du gerade vor die Füße? Diesem holländischen Käsehäppchen. Wenn es nicht so peinlich wäre, wäre es zum Lachen.« In meinem Kopf schwirrt es wie in einem Bienenhaus. Das letzte Gläschen hat mir wohl nicht mehr so gutgetan.

»Ich muss hier raus, Ina, bitte lass uns gehen!«, stöhne ich meiner Freundin ins Ohr.

Mit schuldbewusstem Blick hakt sie mich unter und antwortet: »Sorry, Marie, das habe ich nicht gewollt. Dieser blöde Sekt war wohl etwas zu viel für dich!«

Schnell versuchen wir uns den Weg nach draußen zu bahnen, was aber angesichts der Menschenmassen nicht so einfach ist. Nach gefühlt einer Stunde sind wir endlich an der frischen Luft.

»Gott sei Dank!«, atme ich auf. Meine Füße schmerzen höllisch in den Schuhen und ich bin froh, als wir kurze Zeit später endlich im Taxi sitzen. Was für ein peinlicher Auftritt, denke ich noch und dann wird mir schwarz vor Augen …

»Hallo, Marie, ausgeschlafen, wie geht es dir heute?« Ina sitzt neben meinem Bett mit einer Tasse Tee und schaut mich mitleidig an.

»Was ist denn gestern Abend noch passiert? Ich kann mich nur noch an den Holländer in der Disco erinnern und irgendwie an ein Taxi«, antworte ich ihr.

»Frag besser nicht! Du hattest einen völligen Blackout, der Taxifahrer war so nett und hat mir geholfen dich auf unser Zimmer zu bringen!«

Langsam dämmert es mir … Als ich mich aufsetzen will, hämmert es wie ein Presslufthammer in meinem Kopf.

»Aua, bitte bring mir mal eine Aspirin, Ina.« Stöhnend lasse ich mich wieder in die Kissen fallen.

»Ich hab's ja immer gewusst. Ich vertrage einfach keinen Alkohol.«

Sie kommt mit einem Glas Wasser und Aspirin zurück. »Trink das und dann noch einen Kamillentee, ganz bestimmt geht es dir dann gleich viel besser.« Aufmunternd grinst sie mich an. »Du hast einen waschechten Kater, Marie. Einfach wohl etwas zu viel getrunken gestern!«

Am liebsten würde ich ihr jetzt was erwidern, aber ich weiß, dass sie recht hat, und trinke reumütig meinen Kamillentee.

»Wie viel Uhr ist es?«, frage ich erschöpft.

»Siebzehn Uhr. Aber lass dir ruhig Zeit und erhole dich erst einmal! Heute können wir ohnehin nichts mehr machen. Ich habe vom Restaurant ein paar Croissants geholt, da ich denke, dass du heute nicht zum Buffet willst.« Ina zieht die Gardinen auf und die Sonne scheint ins Zimmer.

»Siebzehn Uhr?«, rufe ich aus und bin auf einmal hellwach. Ich habe seit gestern Morgen nicht mehr mit meiner Mutter telefoniert. Sie wird wohl schon die Polizei und Interpol alarmiert haben! Mit einem Ruck setze ich mich auf die Bettkante, sofort fängt es hinter meinen Schläfen wieder an zu dröhnen. Da muss ich jetzt durch, denke ich und drücke die bekannte Festnetznummer auf meinem Handy.

Sofort höre ich die Stimme meiner Mutter: »Hallo, hier bei Kramer!«

Am liebsten würde ich mich sofort wieder in die Kissen legen, so dreht es sich in meinem Kopf. Nie mehr Alkohol, denke ich und sage zerknirscht: »Hallo, Mama. Hier ist Marie, wie geht es dir und den Kindern?«

Ein leichtes Aufatmen ist zu hören, als meine Mutter antwortet: »Marie, Gott sei Dank meldest du dich, wir haben uns schon alle Sorgen gemacht. Du hast dich seit vorgestern nicht mehr gemeldet!«

Mein schlechtes Gewissen schlägt sofort an. »Ja, Mama.

Entschuldigung, ich habe gestern Abend nicht noch anrufen wollen. War schon etwas spät.«

Ein Räuspern ist am Ende der Leitung zu hören. »Tja, so ist das, wenn man vor lauter Sonne, Strand und Meer seine Familie vergisst.«

Die Stimme meiner Mutter klingt schrill und das ist kein gutes Zeichen.

»Mama, es ist alles in Ordnung und wir erholen uns gut. Ich wollte nicht, dass ihr euch Sorgen macht. Ist denn irgendetwas nicht in Ordnung?«, frage ich nun doch etwas beunruhigt.

»Na, du weißt ja am besten, wie deine Kinder sind. Lotta hat gestern bei einer Freundin übernachtet. Ich wollte es ihr verbieten, aber sie meinte, das hätte sie mit dir so abgesprochen und da du dich nicht gemeldet hast, dachte ich mir, es wäre schon in Ordnung. Allerdings würde ich das Schlafen außer Haus innerhalb der Woche nicht erlauben. Es passiert so viel auch in kleineren Städten. Neulich erst hat meine Freundin Gertrud mir von einem Überfall in einer Pizzeria erzählt. Am hellichten Tag!«

Oh Gott, meine Mutter ist wieder voll in Fahrt! Ich muss sie jetzt irgendwie bremsen, sonst erzählt sie mir wieder die Lebensgeschichte ihrer besten Freundin Gertrud.

»Mama, ich weiß ja, dass du dir Gedanken machst und ich bin froh, dass du da bist. Aber, Lotta ist schon vierzehn Jahre und darf ruhig mal bei ihrer Freundin übernachten. Mach dir deshalb bitte keine Sorgen!«, versuche ich sie zu beruhigen.

Leider geht das Klagen weiter: »Okay, wie du meinst. Du bist die Mutter. Außerdem hat Nele gestern ihren Milchzahn verschluckt. Er wackelte schon etwas und heute Morgen war er raus, aber nirgends zu finden! Wir haben das ganze Bett abgesucht. Sie muss ihn wohl in der Nacht verschluckt haben. Das arme Kind hat so geweint. Um sie zu beruhigen, habe ich ihr erzählt, die Zahnfee hätte den Zahn mitgenommen!«

Ach du meine Güte, jetzt habe ich mich mal einen Tag nicht gemeldet und sofort passieren schreckliche Dinge! Mein Kind wäre in der Nacht fast an seinem Zahn erstickt und die Rabenmutter fällt in einer Disco alkoholisiert einem Mann mit holländischem Akzent vor die Füße! So weit ist es mit mir schon gekommen! Meine Wangen fühlen sich heiß an vor Schamesröte.

»Mama, drück alle ganz fest, wenn sie von der Schule kommen, und sag ihnen, dass ich sie sehr vermisse!«, antworte ich reumütig.

»Ja, mach ich und pass auf dich auf, deine Kinder brauchen dich, bis morgen.« Klack, weg ist sie ...

Jetzt fühle ich mich noch viel schlechter und die Kopfschmerzen werden auch nicht besser. Niedergeschlagen hocke ich auf der Bettkante und könnte heulen. Am liebsten würde ich sofort zurückfliegen.

Ina muss meine Gedanken gelesen haben. Sie setzt sich tröstend zu mir und sagt: »Hey, Marie, lass dir doch nicht schon wieder ein schlechtes Gewissen einreden. Sorry, aber deine Mutter kann das echt gut. Sie könnte sich doch freuen, dass sich ihre Tochter mal eine Auszeit genommen hat. Sie weiß doch auch, wie schwer du es in den letzten vier Jahren hattest!«

Jetzt kann ich mich nicht mehr zurückhalten und die Tränen laufen mir über die Wangen.

Ina nimmt mich tröstend in den Arm und ich schluchze: »Ja, eigentlich schon. Gestern der Abend war seit langem wieder mal richtig schön. Ich habe an nichts gedacht und mich einfach treiben lassen und weißt du was, Ina? Ich glaube, ich habe mich verliebt!«

Meine beste Freundin schaut mich mit aufgerissenen Augen ungläubig an. »Was sagst du da? Marie, ich glaube, du hast immer noch zu viel Alkohol im Blut. Oder ist das dein Ernst?«

In diesem Moment wird mir klar, was ich da gerade gesagt

habe und ich schlucke. »Ich weiß ja selbst nicht, was da gestern Abend auf dem Boden der Disco mit mir passiert ist, Ina. Dieses Gefühl hatte ich schon seit Jahren nicht mehr, diese Augen. Ich glaube, es hat mich erwischt!«

»Langsam, langsam. Jetzt mal der Reihe nach! Du hast dich in diesen Holländer verliebt? Ich kann es noch immer nicht glauben! Herzlichen Glückwunsch, ich freue mich für dich, Mariechen. Endlich lässt du mal wieder Gefühle zu!« Ina ist ganz aufgeregt und zieht mich auf den Balkon. Die Wellen schlagen sanft an den Strand und die Sonne geht langsam im Meer unter. Ein herrlicher Anblick. Allmählich lässt der Kopfschmerz nach und ich versuche, mich an den gestrigen Abend zu erinnern.

Was ist denn da überhaupt mit mir passiert? Ein wohliges Gefühl steigt in mir hoch, als ich an die Begegnung mit dem hochgewachsenen und gutaussehenden Holländer denke. Eigentlich ist nichts passiert, außer dass ich wieder einmal einen peinlichen Auftritt hingelegt habe. Oje, der Sturz! Jetzt fällt es mir wieder ein und ich sage verlegen: »Ina, beruhige dich. Ich denke, die Gefühle beruhen nicht auf Gegenseitigkeit. Unsere Zusammentreffen waren ja eher von der peinlichen Art. Er ist wahrscheinlich froh, wenn er mich nie wiedersieht!«

»Wieso denn? Da wäre ich mir nicht so sicher, Marie!«, grinst Ina mich verschmitzt an und schüttet mir noch eine Tasse Kamillentee nach. »Manchmal geht die Liebe sonderbare Wege!«

Verträumt schaue ich auf die sinkende Nachmittagssonne. »Ach, Ina. Ich weiß selbst nicht, was da mit mir passiert ist. Diese Gefühle hatte ich schon seit Jahren nicht mehr und im Grunde genommen weiß mein Angebeteter doch nichts von seinem Glück!«, sage ich lächelnd.

»Na und, wo ist das Problem? Er kann es ja erfahren! Was hast du denn zu verlieren, Marie? Los, trau dich!« Ina gibt mir einen kleinen Stupser und holt sich ein Wasser aus der Minibar.

Auch sie hat heute keine Lust auf alkoholische Getränke nach dem gestrigen Abend. »Ich werde es mir überlegen, versprochen. Lass uns jetzt einfach den Abend genießen und übrigens, danke, dass du noch etwas Essbares aufgetrieben hast. Croissants und Kamillentee sind einfach genial, um den heutigen Tag ausklingen zu lassen«, antworte ich ihr mit einem Seufzen.

4. Kapitel

In dieser Nacht schlafe ich traumlos und fest. Erfrischt und ausgeruht wache ich am nächsten Morgen auf.

»Weißt du, dass wir heute schon den vierten Tag hier sind, Ina?« Meine Freundin steht im Bad und versucht, ihre blonden Locken zu zähmen. »Die schöne Zeit geht immer rasend schnell vorbei, leider! Also, was machen wir heute? Noch einen Tag verschlafen wir hier nicht«, lacht sie und ihre blauen Augen funkeln. »Wie wäre es mit einem Trip in die Stadt? Dort soll es einen herrlichen Flohmarkt mit Antiquitäten und sonstigen schönen Dingen geben.«

Das Wetter scheint heute nicht so heiß zu werden wie die letzten Tage. Da wäre so ein Ausflug sicher angenehm. »Okay. Super Idee. Lass uns gehen!«, antworte ich begeistert und ziehe mir meine Turnschuhe an. Was eine Wohltat! Ich kann nicht verstehen, dass Ina mit den mindestens zwölf Zentimeter hohen Absätzen laufen kann. Aber sie kann es und ich frage mich oft, warum sie sich nicht bei einer dieser Casting-Shows im Fernsehen beworben hat. Bei mir hingegen hätte es höchstens für »Bauer sucht Frau« gereicht ...

Das Frühstück im Hotel haben wir ausgelassen und sitzen bei Cappuccino und Ciabatta auf einer herrlichen Piazza in dem kleinen Städtchen Tresstino. Es ist wunderschön mit seinen verwinkelten Gässchen und dem typisch italienischen Flair. Herrlich! Überall gut gelaunte Menschen und die Sprache, einfach traumhaft. Wo bleibt nur Ina? Sie wollte nur kurz zur Toilette. Mittlerweile ist sie schon mindestens fünfzehn Minuten weg. Unruhig schaue ich zur Eingangstür des Cafés. Was ist, wenn sie ausgeraubt und überfallen worden ist? Meine Fantasie geht mit mir durch und ich sehe sie schon blutüberströmt auf der Toilette liegen, da kommt sie strahlend auf mich zu.

»Gott sei Dank, wo warst du denn so lange? Ich habe mir schon Sorgen gemacht!«, frage ich aufgeregt.

Mit ihren blonden Locken ist Ina in Italien ein Männerblickfang und deshalb ist der Gedanke, dass ihr etwas passiert sein könnte, nicht so abwegig.

»Mariechen, du sprichst schon wie deine Mutter!«, lacht sie und setzt sich zu mir an den Tisch. »Ich hatte eine sehr nette Unterhaltung mit einem äußerst attraktiven Italiener. Na ja, Unterhaltung ist vielleicht etwas zu viel gesagt. Es war mehr ein Gestikulieren, aber wir haben uns sehr gut verstanden«, erzählt sie mit einem vielsagenden Lächeln.

»Ah, das hört sich ja interessant an. Erzähl mal! Da gehen wir extra in eine Disco, um eventuell einen potenziellen Partner für dich zu finden und ich verliebe mich in einen nichtsahnenden Holländer und du lernst deinen Traummann auf dem Weg zur Toilette kennen?«

Wir beide müssen herzhaft lachen.

»Tja, manchmal geht die Liebe ungewöhnliche Wege. Ich habe seine Handynummer und morgen Nachmittag will er sich gerne mit mir treffen!«, verkündet Ina. »Natürlich nur wenn du nichts dagegen hast, Marie.«

Meine Güte, Ina ist ganz rot im Gesicht und ich spüre ihre Aufregung. »Ciao, Ina! Was ist denn mit dir passiert? Der heißblütige Italiener scheint dir ganz schön den Kopf verdreht zu haben? Ich freue mich sehr für dich. Geh ruhig und schau dir deinen Don Juan morgen etwas genauer an!«, lache ich und nehme meine Freundin in den Arm. Ich freue mich so für sie! Ina hatte die letzten Monate kein Glück in der Liebe. Ihre richtig feste Beziehung ist auch schon länger her. Soll sie sich ruhig etwas amüsieren, den Nachmittag bekomme ich auch alleine herum.

»Komm, lass uns bezahlen und dann machen wir uns noch einen schönen Nachmittag!«

Eine Stunde später liegen wir am Strand und genießen den warmen Sand und das rauschende Meer. Einfach mal nichts tun, keine Wäsche waschen, keine Kinder von der Schule abholen, keinen Hund Gassi führen, keine Streitereien schlichten! *La Dolce Vita*, das schöne Leben! Ich hatte schon ganz vergessen, dass es das für mich überhaupt noch gibt, und da war ja auch noch der nette Mann mit dem holländischen Akzent …

Am nächsten Nachmittag stehe ich mit Ina in der Hotellobby. Sie ist sichtlich aufgeregt und ihre Augen leuchten.

»Also, ich wünsche dir ein wunderschönes Date mit deinem heißblütigen Italiener und pass auf dich auf!«

Meine Freundin sieht toll aus. Mittlerweile ist auch ihre Sonnenallergie einer gewissen Farbe gewichen und ihre blonden Locken sind noch heller als sonst.

»Danke, Marie! Ich bin echt aufgeregt. Mein letztes Date ist ja auch schon etwas länger her«, sagt sie.

»Ich bin mir ganz sicher, dass du einen sehr schönen Nachmittag verbringen wirst und vielleicht trifft dich auch Amors Pfeil?«, sage ich. »Wo wolltet ihr euch denn treffen?« Ina blinzelt und sagt: »Er hat mir gerade noch eine Textnachricht geschickt. Wir treffen uns um fünfzehn Uhr in der kleinen Cafeteria von gestern, der Einfachheit halber. Da kann ich direkt hinlaufen.«

So habe ich meine Freundin schon lange nicht mehr gesehen. Ihre Wangen glühen vor Aufregung. Ich freue mich so für sie und hoffe, dass sie nicht enttäuscht wird.

»Okay, dann mach dich mal auf den Weg, es ist schon Viertel vor drei. Und wenn etwas nicht stimmt, melde dich bitte sofort bei mir!«, gebe ich ihr noch mit auf den Weg.

»Ja, mach ich, Marie, ciao bis heute Abend!« Winkend läuft sie in Richtung Tresstino.

Etwas wehmütig schaue ich ihr hinterher. Ach, so ein Date hat schon was, denke ich bei mir. Was mache ich nun mit dem angefangenen Nachmittag? Allein im Zimmer sitzen kommt nicht in Frage, dafür ist das Wetter einfach zu traumhaft. Ein kühles Glas Eistee könnte ich jetzt vertragen. Langsam schlendere ich zur Poolbar, an dem schon einige Gäste unter den blauweiß gestreiften Sonnenschirmen sitzen. Ich ergattere gerade noch einen der bequemen Stühle mit Blick aufs Meer.

»Einen Eistee bitte, mit vielen Eiswürfeln.« Ich lächle den Kellner an, der gerade mit einem vollen Tablett vorbeikommt. »*Si, Signora*«, ruft er mir zu. Herrlich! Einfach mal die Augen schließen und an nichts denken, fast nichts …

Meine Mutter hatte mir bei meinem morgendlichen Anruf zu Hause wieder mal die Ohren vollgejammert. Wie traurig sie darüber ist, dass ihre Enkel keinerlei Interesse an Brettspielen und dergleichen haben. Schließlich haben diese Spiele auch mir in meiner Kindheit viel Spaß gemacht und obendrein könne man noch was dabei lernen! Wie soll ich ihr nur klarmachen, ohne sie zu verletzen, dass die Kids von heute andere Interessen haben?

»Entschuldigen Sie, ist der Stuhl noch frei?« Die mir bekannte Stimme mit dem entzückenden Akzent holt mich aus meinen Tagträumen. Irritiert schaue ich den gutaussehenden Holländer an. Ich glaube, ich sehe aus wie eine Kuh, die gerade kalbt, als ich stotternd antworte:»Nein, äh, ja, natürlich.« Mein Kopf wird gerade puterrot und ich bin froh, als der Kellner mir meinen Eistee bringt.

»Mir bitte auch einen Eistee!«, sagt mein schöner Holländer und setzt sich zu mir. Oh Gott! Wo kommt der denn jetzt auf einmal her, denke ich und mein Herz klopft bis zum Hals.

Ich komme mir echt albern vor, sage aber betont lässig:»Ach, schön, dass wir uns noch mal sehen, dann kann ich mich bei Ihnen endlich für Ihre Unannehmlichkeiten revanchieren. Das Getränk geht natürlich auf mich.«

Er schaut mich mit seinen strahlend blauen Augen lächelnd an. »Bitte, sag doch Gerrit zu mir. Ich denke, wir dürften doch so ziemlich im gleichen Alter sein. Natürlich nur wenn es für Sie okay ist?«

Langsam normalisiert sich mein Herzschlag wieder und ich antworte ein wenig überrascht: »Ja, gerne, ich bin Marie.« In dem Moment kommt der Kellner mit dem zweiten Eistee.

»Also dann, Marie. Ich freue mich, dass wir uns kennengelernt haben!« Er nimmt sein Glas und prostet mir fröhlich zu. »*Chin-chin*«, lache nun auch ich ihn an. »Darf ich fragen, warum du heute alleine hier bist. Wo ist denn deine Begleiterin?«, fragt er mich.

»Das ist meine Freundin Ina. Sie hat heute Nachmittag ein Date mit einem Italiener, den sie gestern in einem Café in Tresstino kennengelernt hat«, antworte ich wahrheitsgetreu.

Strahlend antwortet er: »Ach, deshalb bist du heute alleine. Da habe ich ja Glück gehabt.«

Meine Güte, Marie, der Mann kann dir gefährlich werden, denke ich und versuche, möglichst lässig zu antworten: »Ob du das Glück nennen kannst, wage ich zu bezweifeln. Du hattest nun schon zweimal das fragwürdige Vergnügen mit mir!«

Jetzt fängt er schallend an zu lachen und seine blauen Augen blitzen. »Allerdings, aber deshalb bist du mir auch in Erinnerung geblieben. Unsere erste Begegnung im Flugzeug war natürlich nicht so prickelnd. Aber als du in der Disco vor mir auf die Knie gefallen bist, wusste ich, dass ich dich näher kennenlernen wollte. Und dass du nun auch hier im selben Hotel wohnst, wenn das kein Zufall ist!«

Was für ein Lächeln! Dieser Mann hat einfach alles, was man sich als Frau wünschen kann. Und das Schönste daran, er sitzt mit mir an einem Tisch. Ich habe das Gefühl, dass alle anderen Frauen gerade vor Neid erblassen!

»Ja, vielleicht hat der Zufall etwas nachgeholfen«, antworte ich immer noch etwas hölzern.

»Wollen wir etwas am Strand entlangspazieren, oder hast du noch etwas vor?«, fragt er mich und schaut mir direkt in die Augen. Ein Schauer läuft mir über den Rücken und das nicht nur wegen der hochsommerlichen Temperaturen. »Ja, gerne, wie viel Uhr haben wir es denn? Ich habe mein Handy im Zimmer gelassen und eine Uhr trage ich schon lange nicht mehr«, antworte ich.

»Sechzehn Uhr dreißig, ich bringe dich auch ganz bestimmt vor Sonnenuntergang wieder zurück«, antwortet er mir mit dem für mich schönsten Lächeln der Welt. Warum eigentlich nicht? Ina hat sicher auch ihren Spaß und wir sind ja keine kleinen Kinder mehr, denke ich und höre mich sagen: »Okay, ich bezahle noch unsere Getränke und dann können wir gerne gehen.«

Keine zehn Minuten später laufen wir durch den weißen Sand in Richtung Meer. Unsere Schuhe haben wir ausgezogen und ich fühle, dass eine leichte Brise durch mein kurzes Haar weht. Seine blonden Locken hat Gerrit mit einem Basecap gebändigt.

»Jede Frau wäre neidisch auf deine Haare«, lache ich und schaue ihn von der Seite an.

»Oh, danke für das Kompliment, aber manchmal können sie auch ganz schön nervig sein. Vor allem bei Wind oder Regen. Da sehe ich aus wie ein aufgeplatztes Sofakissen oder wie ein begossener Pudel, je nach Wetterlage!«, gibt er grinsend zurück.

»Wollen wir uns etwas setzen?«, fragt er mich leise nach gefühlt einer Stunde, in der ich einfach nur schweigend neben ihm hergelaufen bin und den warmen Wind in meinen Haaren gespürt habe.

»Ja, gerne«, antworte ich und lasse mich in den weichen Sand plumpsen. »Herrlich, das azurblaue Meer«, stelle ich fest und schaue hoch auf seine gebräunten Beine. Sofort merke ich, wie mir heiß und kalt wird und meine Wangen glühen. Wie lange ist es her, dass ich diese Gefühle für einen Mann fühlte?

»Ja, echt fantastisch hier«, antwortet er mir mit seinem unwiderstehlichen holländischen Akzent und setzt sich zu mir.

»Schau mal, die Surfer auf dem Meer!«, sage ich schnell, um meine Unsicherheit zu überspielen, und zeige auf zwei junge Männer die wahre Kunststücke mit ihren Surfbrettern vollführen.

»Tja, das konnte ich auch einmal, früher, als ich noch jung war!«, lacht er mich an.

»Du siehst aber für dein hohes Alter noch sehr sportlich aus«, gebe ich grinsend zurück. »Bist du von Natur aus so sportlich oder von Berufs wegen?«

»Ich habe schon als Kind gerne Sport gemacht. Vor allem alle Wassersportarten, da war ich in meinem Element. Später habe ich dann Sport studiert und habe mich zum Tauch- und Surflehrer ausbilden lassen. Deshalb bin ich auch hier. Das Hotel möchte eine eigene Tauch- und Surfschule eröffnen und hat mich angefragt, ob ich die Leitung übernehmen möchte.«

Er schaut mich an und sagt lächelnd: »Und wie sieht es mit dir aus, hast du auch eine sportliche Ader?«

Überrumpelt schaue ich ihn an. »Ich? Sorry, meine sportliche Ader ist ziemlich tief vergraben. Damit kann ich leider nicht dienen. Ich schaue mir alles gerne vom Strand aus an und überlasse es Leuten, die es können und außerdem richtig Spaß dabei haben.«

Seine blauen Augen strahlen mit der Sonne um die Wette und ich versuche, mir nicht anmerken zu lassen, wie aufgeregt ich in seiner Nähe bin.

»Vielleicht solltest du es einfach mal versuchen, Marie, also, wenn du mal einen guten Surflehrer suchst. Ich stehe gerne zu Diensten.« Sein Lächeln wird noch eine Spur breiter.

Mittlerweile geht die Sonne schon langsam am Horizont unter und der Strand wird etwas leerer.

»Wohnst du auch in Holland oder hast du keinen festen Wohnsitz?«, frage ich und bereue die Frage fast sofort. Immerhin will ich ihm ja nicht unterstellen, dass er obdachlos ist. Oje! Lachend antwortet er:»Meinst du, als Surflehrer hat man keinen festen Wohnsitz? Gute Theorie.«

Das Ganze ist mir peinlich und ich antworte mit hochrotem Kopf:»Äh, so habe ich das natürlich nicht gemeint. Du wohnst sicher irgendwo.« Na ja, viel peinlicher kann es jetzt auch nicht mehr werden. Der Mann muss wirklich denken, ich bin total daneben! Erst kotze ich ihm auf die Hose, dann falle ich ihm vor die Füße und jetzt stelle ich ihm auch noch unmögliche Fragen … Marie, Marie, was ist nur los mit dir? Jetzt reiß dich mal zusammen!, denke ich und versuche, meine wirren Gedanken zu ordnen.

»Ist schon okay, ich wohne in Nordholland, Westerland heißt der kleine Ort, direkt am Amstelmeer und dem Wattenmeer. Dort betreibe ich eine Surf- und Tauchschule mit meinem Partner. Aber, wie schon gesagt, bin ich hier, um mit dem Eigentümer des Hotels zu verhandeln.«

Dabei schaut er mir direkt in die Augen, sodass ich seinem Blick nicht mehr ausweichen kann.»Du hast wunderschöne Augen«, sagt er mit sanfter Stimme. Ein Schauer läuft mir über den Rücken, obwohl es immer noch warm ist.

»Du auch«, höre ich mich hauchen. Was mache ich hier eigentlich?, frage ich mich für eine Sekunde … zu spät! Zärtlich nimmt er mein Gesicht in seine Hände und drückt mir einen Kuss auf die Wange.»Marie, du bist eine außergewöhnliche Frau und ich bin glücklich, dass wir uns hier getroffen haben. Ich weiß genau, das war kein Zufall«, sagt er leise und seine Augen schauen mich durchdringend an.»Gerrit, ich …«, kann ich gerade noch antworten, da spüre ich seine weichen Lippen auf meinem Mund und seine Hände streicheln sanft über mein Gesicht. Oh Gott, Marie! Wann hast du das letzte Mal so ein Glücksgefühl gespürt?, schwirrt es in meinem Kopf und ich gebe mich widerstandslos seinen zarten Küssen hin.

Ich weiß nicht, wie lange wir uns so in den Armen halten. Als wir uns langsam wieder voneinander lösen, schaut er mich liebevoll an und sagt: »Du bist eine wunderschöne Frau, Marie, und ich hätte mir noch vor ein paar Tagen nie zu träumen gewagt, was gerade zwischen uns passiert ist.«

Mein Herz schlägt bis zum Hals, als ich ihm leise antworte: »Oh, Gerrit, ich weiß nicht, was ich sagen soll, es ist einfach passiert. Ich, ich …«

Zärtlich legt er seinen Finger auf meine Lippen. »Sag einfach nichts, es fühlt sich alles richtig und so gut an, liebe Marie.« Wieder nimmt er sanft mein Gesicht in seine Hände und ich spüre noch einmal seine weichen Lippen auf meinem Mund.

Mein Körper zittert vor Aufregung und Verwirrung. Langsam wird mir klar, was ich hier gerade tue. Hallo, Marie, aufwachen, das ist kein Traum!

»Äh, Gerrit, das war wirklich wunderschön mit dir, aber …«, sage ich verwirrt und streiche verlegen etwas Sand aus meinem Haar.

»Hat es dir nicht gefallen oder wolltest du es nicht?«, antwortet er jetzt unsicher.

»Doch, doch, sehr, es ist nur …«

»Ich würde dich gerne etwas fragen, Marie«, unterbricht er mich.

»Nur zu, ich habe keine Leichen im Keller.« Mit einem Lachen versuche ich meine Unsicherheit zu verbergen.

»Tja, ich möchte einfach sichergehen, dass bei dir zu Hause niemand auf dich wartet«, sagt er leise und schaut mir dabei tief in die Augen.

»Ja, es wartet schon jemand auf mich, wenn du so direkt

fragst«, antworte ich und schaue dabei an ihm vorbei auf das türkisblaue Meer.

»Äh, ja, wenn das so ist, dann möchte ich dich nicht länger hier festhalten. Es ist auch schon ziemlich spät geworden«, sagt er und das Leuchten in seinen Augen ist auf einmal erloschen.

Nanu, was ist denn jetzt passiert?

»Ähm, ja, dann wollen wir mal«, antworte ich irritiert, während ich seinem Blick ausweiche.

Wortlos gehen wir zurück zum Hotel. Jetzt nur keine Enttäuschung anmerken lassen, denke ich und sage mit einem gespielten Lächeln:»Vielen Dank nochmal, Gerrit. Es war sehr schön. Was hätte ich sonst den ganzen Nachmittag nur gemacht?«

Seine Augen schauen mich prüfend an und er antwortet mit bedrückter Stimme:»Ja, es war ein sehr schöner Nachmittag mit dir, liebe Marie. Ich wünsche dir noch eine gute Nacht, ciao.«

Schon ist er in der Hotellobby verschwunden. Was war das denn jetzt?! Warum in alles in der Welt, hat er es auf einmal so eilig?

Mit einem verdutzten Gesicht stehe ich da, als meine Freundin mit einem breiten Grinsen auf mich zugelaufen kommt.

»Hey, Marie. Was machst du denn für ein Gesicht? Ich muss dir alles erzählen. Komm, lass uns aufs Zimmer gehen! Es war einfach herrlich!« Die Worte sprudeln förmlich aus ihr heraus, als sie mich zum Aufzug des Hotels zieht.

Keine fünf Minuten später sitzen wir auf unserem Hotelbalkon mit einer kalten Flasche Prosecco aus der Minibar.

»Marie, es war einfach himmlisch!« Sie strahlt bis über beide Ohren, als sie sich noch ein Glas einschenkt.»Isolino ist ein richtiger Italiener. Charmant, gutaussehend, interessant und das Beste, er steht auf mich! Wir hatten einen wunderschönen Tag. Zuerst waren wir Eis essen, danach hat er mir die Sehenswürdigkeiten gezeigt und dann … Marie, du hast ja Tränen in den Augen! Was ist denn los?« Ina schaut mich fragend an. »Sorry, dass ich nur von mir erzählt habe, anscheinend hattest du nicht so einen schönen Tag. Das tut mir leid. Jetzt erzähl schon, warum machst du so ein trauriges Gesicht?« Langsam beruhige ich mich wieder und erzähle ihr von meinem Nachmittag.

»Mensch, Marie, das hört sich doch toll an, da hattest du doch auch einen schönen Tag, oder?« Mittlerweile ist es dunkel geworden und die bunten Lampions leuchten vom Strand herüber.

»Ja, ja, schon, es war wirklich sehr schön mit Gerrit heute. Er hat mir erzählt, dass er eine Surf- und Tauchschule in Nordholland betreibt. Eigentlich ist er hier im Hotel, weil er auch hier eine Surfschule eröffnen will, es war echt so schön mit ihm. Du kannst dir nicht vorstellen, wie aufgeregt ich an seiner Seite war, ich kam mir vor wie ein Backfisch!«

Meine Freundin schaut mich fragend an. »Und? Wo ist jetzt der Haken an der Sache?«

Gedankenverloren schaue ich aufs Meer und stöhne: »Wenn ich das nur wüsste. Wir haben uns sofort gut verstanden und am Strand hat er mich geküsst. Ina, es war einfach traumhaft. Solche Gefühle habe ich noch nie in so kurzer Zeit für einen Mann empfunden und dann fragt er mich, ob zu Hause jemand auf mich wartet. Natürlich habe ich ja gesagt, schließlich sind da meine Mutter und die Kinder und ja ... dann ging alles ganz schnell und er wollte ins Hotel zurück. Ich verstehe das alles nicht, Ina.«

Meine Freundin verdreht die Augen und meint: »Oh, Marie! Du kannst dir wirklich nicht vorstellen, was in Gerrits Kopf vorging? Überleg doch mal genau! Er dachte wahrscheinlich, dass du einen Mann zu Hause hast, und hat sich deshalb zurückgezogen. Typisch Marie! Du hast echt keine Erfahrung mehr mit Männern.« Ina nimmt mich grinsend in den Arm und jetzt muss auch ich lachen.

»Du hast wahrscheinlich recht und ich dachte schon, er hätte kein Interesse mehr an mir.« Erleichtert lasse ich mich auf den Liegestuhl fallen und proste meiner Freundin mit Orangensaft zu. Seit dem Knockout in der Disco halte ich mich mit Alkohol besser zurück. Das Zeug ist einfach nichts für mich.

»Prost, Marie, auf uns und die Männer!«, lacht Ina und schwenkt mit ihrem Prosecco-Glas. Danach erzählt sie mir noch ausführlich, wie es ihr ergangen ist mit ihrem heißblütigen Isolino. Ihre Augen leuchten mit den Sternen um die Wette, als sie sagt: »Ach, Marie ... ich bin so froh, dass wir zwei hier sind und du auch mal wieder Schmetterlinge im Bauch spürst. Wie soll es nun weitergehen mit dir und deinem Gerrit?«

Verträumt schaue ich den Paaren zu, die händchenhaltend am mondhellen Strand entlanglaufen. »Tja, wenn ich das wüsste.«

Ina gibt mir einen Stups und sagt: »Du wirst dir doch so eine Sahneschnitte nicht entgehen lassen, oder? Morgen früh musst du sofort nach ihm Ausschau halten und die Sache richtigstellen!«

Als ich ihr etwas erwidern will, hält sie mir den Mund zu und lacht: »Keine Ausreden mehr, Marie, es wird Zeit, dass du wieder mal an dich denkst!« Als ich später in meinem Bett liege, kann ich lange nicht einschlafen und das liegt nicht nur am Vollmond.

Was hatte Ina zu mir gesagt? »Marie, du musst wieder mal an dich denken.« Tja, wenn das so einfach wäre mit drei Kindern und einer sehr konservativen Mutter. Wahrscheinlich hat sie sogar recht, denn die Woche mit Ina tut mir wirklich gut.

»Hallo, hallo, Mama, hörst du mich?« Ich halte mein Handy dicht ans Ohr.

»Guten Morgen, Marie«, antwortet meine Mutter mit einem scharfen Unterton. »Schön, dass du dich auch mal wieder meldest! Ich hoffe, du hast ein paar entspannte Tage, die ich dir auch von Herzen gönne, das weißt du, aber hier geht es weniger entspannt zu! Marie, deine älteste Tochter raucht!« Die Stimme meiner Mutter klingt aufgebracht.

»Wann hast du sie gesehen …?«, frage ich entsetzt.

»Ich musste es nicht sehen, ich habe es an ihrer Kleidung gerochen, Marie!«

Oje, typisch meine Mutter, macht aus einer Mücke einen Elefanten!

»Mama, das muss doch nichts heißen, vielleicht war sie nur bei Freunden, die geraucht haben?«, antworte ich ihr.

»Das wäre ja auch nicht besser, wenn sie Freunde hat, die rauchen und wer weiß, was die sonst noch konsumieren! Du musst auf jeden Fall mit ihr reden, wenn du wieder nach Hause kommst. Zu unserer Zeit hätte es das nicht gegeben und du, Marie, rauchst ja schließlich auch nicht. Gott sei Dank!«

Meine Mutter ist hörbar außer sich. Jetzt nur nichts Falsches sagen, denke ich. Wenn meine Mutter an diesem Punkt ist, steigert sie sich immer mehr hinein. »Okay, Mama, ich werde auf jeden Fall mit ihr reden. Mach ihr jetzt bitte keine Szene!«, flehe ich.

»Schon passiert, mein Kind. Sie hat natürlich alles abgestritten. Aber glaube mir, mein Gefühl sagt mir, dass sie nicht die ganze Wahrheit gesagt hat!« Ein Räuspern dringt durch die Leitung.

»Mama, bitte, wir besprechen das Thema ganz sicher! In zwei Tagen bin ich schon zu Hause.«

»Nun ja, es ist deine Erziehung und ich meine es ja nur gut«, entgegnet sie und ich merke ihre Anspannung durch das Telefon. »Pass auf dich auf und kommt gut wieder nach Hause und schöne Grüße an Ina.«

Klick, die Verbindung wurde beendet.

Immer diese unterschwelligen Vorwürfe! Bin ich nicht alt genug, um für mich und meine Kinder zu entscheiden? Ich weiß ja, dass sie es nicht so meint, aber dennoch schmerzt es mich, wenn sie mich immer noch wie ein kleines Kind behandelt. Mein ganzes Leben hat sie mich vor allem Übel der Welt bewahren wollen, aber das Schlimmste, was einem passieren kann, ist mir dennoch passiert – ich habe den liebsten Mann der Welt an eine schreckliche Krankheit verloren! Das Leben ist eine Reise ohne Rücktrittsversicherung und die Dinge, die einem passieren, sind manchmal sehr schmerzhaft. Dennoch habe ich langsam wieder Vertrauen ins Leben gefunden und hier unter der Sonne Italiens vielleicht auch wieder ein neues Glück.

»Marie, heute ist unser vorletzter Tag. Hast du schon nach Gerrit Ausschau gehalten?« Ina schiebt mir noch ein leckeres Croissant zu und schlürft genüsslich an ihrem Cappuccino.

»Nein, ich habe ihn noch nicht gesehen. Vielleicht ist er schon früher aufgestanden«, antworte ich und schaue mich im Speisesaal des Hotels um.

Normalerweise saß er immer ein paar Tische weiter und winkte uns freundlich zu.

Ina strahlt mich an und meint: »Was machen wir heute noch? Ich wollte mich heute Vormittag nochmal mit Isolino treffen, wenn es dir nichts ausmacht. Heute Nachmittag bin ich auf jeden Fall wieder zurück.«

»Oh, ja klar, kein Problem!«, sage ich abwesend.

»Hey, Marie, was ist mit dir? Wenn es für dich nicht okay ist, bleibe ich natürlich hier.« Meine Freundin rückt näher an mich heran und fragt: »Ist es wegen Gerrit?«

»Na ja, eigentlich …«, weiche ich aus.

»Also, Marie, du kümmerst dich jetzt um deinen Gerrit und suchst das ganze Hotel nach ihm ab! Du willst ihn doch nicht einfach so von dannen ziehen lassen, oder? Denk daran, morgen fliegen wir zurück. Du hast noch einen Tag!« Aufmunternd

stupst sie mich an und meint grinsend:»Das kann doch nicht so schwer sein, diesen Holländer zu finden. Schließlich wohnt er ja auch in diesem Hotel.«
Ina ist einfach ein Sonnenschein, denke ich. Die beste Freundin, die man sich wünschen kann!»Okay, ich versuche, ihn ausfindig zu machen«, verspreche ich und wünsche ihr noch einen wunderschönen Vormittag mit ihrem netten Italiener.

Das Meer glitzert in der warmen Sonne und der Himmel strahlt. An der Strandbar bestelle ich mir noch einen alkoholfreien Cocktail. Gerrit habe ich leider noch immer nicht gesehen. Wo hält er sich nur heute auf? Bei dem Gedanken an ihn fängt mein Herz an schneller zu schlagen und ich sehe sein breites Lachen vor mir.

Es hat dich echt erwischt, Marie Kramer, denke ich und schaue den Möwen zu, die sich ein paar Fische aus dem Wasser holen. Ich könnte mich selbst ohrfeigen, dass ich ihm keine deutlichere Antwort auf seine Frage gegeben habe …
»Gerrit van Stappen? Sorry, der ist heute Morgen abgereist.« Die nette Dame an der Rezeption des Hotels nickt mir freundlich zu.

»Oh, dann vielen Dank für die Auskunft«, antworte ich und versuche, meine Enttäuschung zu verbergen. Mist! Das kann doch jetzt nicht wahr sein. Abgereist! Warum hat er mir nichts gesagt? Kein auf Wiedersehen? Wir hatten doch so schöne Stunden und ich war drauf und dran mich wieder zu verlieben und jetzt? Meine Augen füllen sich mit Tränen, als ich auf unserem Hotelbalkon die verliebten Paare am Strand entlangflanieren sehe. Marie Kramer, du hast es verbockt!, denke ich und hole den angefangenen Prosecco von Ina aus der Minibar. Jetzt ist sowieso alles egal!

»Marie, hallo!« Wie durch einen Schleier sehe ich Ina vor mir stehen.

»Hey, was ist denn mit dir los? Hast du den ganzen Prosecco allein getrunken?«, höre ich Ina sagen. Langsam komme ich zu mir und merke, dass es schon dunkel geworden ist.

»Oh, ich muss wohl eingeschlafen sein«, antworte ich noch immer benommen.

»Tja, das sieht ganz danach aus und einen gehörigen Schwips hast du auch noch! Marie, Marie, du hast in der einen Woche mehr Alkohol getrunken als in deinem ganzen Leben davor«, lacht meine Freundin und hilft mir aus dem Stuhl.

»Was ist denn passiert, dass du dir so die Kanne gegeben hast?«, fragt Ina aufgeregt.

»Er ist abgereist, Ina!« Meine Zunge ist immer noch etwas schwer und ich bekomme die Worte nur lallend über die Lippen. Oh Gott, wie peinlich! Wenn mich meine Mutter jetzt so sehen würde!

»Was, wie, abgereist?« Ina steht mit offenem Mund vor mir und hält mich am Arm.

»Tja, einfach so …«, sage ich mit einer hilflosen Handbewegung.

»Das tut mir echt leid für dich. Nein, das ist einfach große Scheiße!«, entrüstet sich Ina. »Was bildet der sich eigentlich ein! Okay, er hat dir keinen Heiratsantrag gemacht, aber ihr habt euch doch gerade kennengelernt und außerdem hat er dich geküsst!« Ina ist außer sich und nimmt mich tröstend in den Arm.

»So ein Kribbeln im Bauch hatte ich schon lange nicht mehr«, schluchze ich an ihrer Schulter, »und dabei bin ich doch ganz ohne Absicht mit dir hierhergeflogen. Dass es mich so umhaut und das nur nach ein paar Stunden, hätte ich nie für möglich gehalten.«

Behutsam nimmt sie mein Gesicht in ihre Hände und sagt:

»Schau mal, Marie, das Ganze hat dir doch auch gezeigt, dass du dich doch noch verlieben kannst und diese Erfahrung nimmst du mit nach Hause.«

»Ja …«, antworte ich leise nuschelnd, rolle mich auf meinem Bett zusammen und ohne noch einmal aufzuschauen, falle ich in einen bleiernen Schlaf.

5. Kapitel

Was, schon zehn Uhr? Mein Kopf dröhnt. Das muss noch am gestrigen Abend liegen. Oje, dieser Prosecco! Jetzt schwöre ich dem Alkohol endgültig ab, denke ich und strecke meine Beine unter der Decke hervor.

»Guten Morgen, liebe Marie, wie geht es dir heute?« Ina steht schon frisch geduscht auf dem Balkon. »Was für ein herrlicher Tag! Leider müssen wir heute schon unsere Koffer packen. Ich könnte noch Wochen hierbleiben«, lacht sie schelmisch. Ah ja, jetzt dämmert's mir wieder.

Isolino! Ich hatte Ina gestern Abend nicht mehr nach ihm gefragt, nachdem ich ihr meine Leidensgeschichte erzählt hatte, bin ich direkt eingeschlafen. Super Freundin bist du, Marie!, denke ich und schlurfe reumütig auf den Balkon. »Sorry, Ina, ich habe überhaupt noch nicht gefragt, wie es dir gestern ergangen ist. Erzähl schon!«

Lächelnd setzt sie sich zu mir und ihre blauen Augen leuchten. »Es war einfach himmlisch! Isolino arbeitet bei einer Messebaufirma und plant große Events in ganz Europa! Er ist im Herbst in München auf der Internationalen Sportwoche. Ich hoffe, dass wir uns dann wiedersehen. Später kommt er noch zum Flughafen, um mich zu verabschieden.«

Ich freue mich von ganzem Herzen für Ina und drücke sie fest an mich. »Wow, schön, Ina! Wer hätte das gedacht, dass du hier eine neue Liebe findest?«

»Warte mal ab, Marie, bei dir ist auch noch nicht alles verloren. Du hast doch die Adresse von Gerrit und die Handynummer, oder?« Fragend schaut sie mich an.

»Nein, leider nicht«, antworte ich bedrückt. »Ich habe nur seinen Namen und weiß, dass er in Nordholland in einem kleinen Ort wohnt.«

Ina läuft hin und her. »Na ja, das ist doch wenigstens etwas. Wofür gibt es das Internet? Wir geben einfach Gerrit van Stappen ein und werden ihn schon finden!«

Als sie mein nachdenkliches Gesicht sieht, sagt sie: »Hey, oder willst du ihn nicht wiedersehen?«

»Ja, doch. Sicher, ich meine, das wäre schön …«, stottere ich verlegen vor mich hin.

»Also, Marie, du musst schon etwas Gas geben. Solche Männer wie dein Gerrit sind rare Exemplare, das kannst du mir glauben!«

Umständlich packe ich meinen Koffer und versuche, den Reißverschluss zu schließen. »Du hast ja mal wieder recht, Ina, und wenn ich zu Hause bin, werde ich mich sofort hinter meinen Laptop klemmen!«

»Versprochen, Marie?«, fragt Ina und hält den Daumen hoch. Lächelnd sitzen wir beide auf unseren Koffern und schauen noch ein letztes Mal auf das glitzernde Meer …

Ein gutaussehender junger Mann streckt mir die Hand entgegen und lächelt freundlich. »Hallo, ich bin Isolino Pecconi und du bist Marie, oder?«

Ina steht hinter mir und strahlt über das ganze Gesicht.

»Ja, schön, dich kennenzulernen. Ich habe schon einiges über dich gehört, natürlich nur Gutes …«, lächle ich zurück.

»Isolino hat sich heute extra frei genommen, um uns zum Flughafen zu bringen, ist das nicht süß, Marie?« Ina ist aufgeregt wie ein Teenager beim ersten Date. Einfach schön, sie wieder so glücklich zu sehen, nach dem letzten Liebeskummer hat sie es wirklich verdient.

»Ja, das ist echt supernett von dir, Isolino. Ina, ich möchte ja nicht drängeln, aber ich glaube, wir müssen los«, sage ich und zeige auf die Anzeigentafel in der Abflughalle. Oh, muss Liebe schön sein, denke ich, als ich die beiden zusammen sehe.

Ina schmiegt sich ein letztes Mal zärtlich an Isolino, er flüstert ihr etwas ins Ohr, ihre Wangen glühen vor Aufregung. Langsam fühle ich mich wie eine alte Gouvernante, die das junge Glück auseinanderreißen muss. »Äh, Ina, sorry! Ich glaube, wir müssen jetzt los, wenn das Flugzeug nicht ohne uns starten will.« Ina wischt sich eine Träne aus dem Augenwinkel. Als sie sich verabschiedet, flüstert sie ihm leise zu: »Ciao, Isolino, in Deutschland ...«

Ina hat sich wieder etwas beruhigt und ich halte während des Fluges ihre Hand. Es tut mir für sie so leid, dass sie ihre junge Liebe zurücklassen muss. Aber Isolino hat ihr fest versprochen nach Deutschland zu kommen. Der Flug ist ruhig und ohne besondere Vorkommnisse. Mit einem Lächeln denke ich an den Hinflug und meine erste Begegnung mit Gerrit ...

Keine drei Stunden später stehen wir in der Ankunftshalle und ich sehe schon meine Mutter mit meinen drei Kindern am Eingang stehen.

»Mama, Mama!« Nele kommt mit wehenden Haaren auf mich zugerannt.

»Nele, Schatz!«, rufe ich zurück und fange sie in meinen Armen auf.

»Ich habe dich so vermisst, Mama!«, schluchzt meine Kleinste.

Mittlerweile sind auch Lotta, Mattis und meine Mutter bei uns angekommen.

»Hey, Mama, war's schön?«, fragt mein Junge und drückt mir einen Schmatz auf die Wange.

Auch Lotta umarmt mich liebevoll und flüstert mir leise ins Ohr: »Mama, gut, dass du wieder da bist, mit Oma, das geht gar nicht!«

Jetzt kommt auch meine Mutter mit einem erleichterten Lächeln auf mich zu. »Ach, Kind, schön, dass ihr wieder gesund

und munter zu Hause angekommen seid. Ich habe noch leckeren Rohkostsalat gemacht. Nach so einem Flug genau das Richtige!« Nele verdreht die Augen hinter ihrem Rücken und Ina grinst. Willkommen zu Hause, Marie!

»Wie war es denn in Italien, Mama?«, will meine Kleinste wissen, als wir eine Stunde später bei gesundem Rohkostsalat, Wasser und Tee gemütlich auf unserer Terrasse sitzen.

»Lasst doch eure Mama erst mal ankommen, Kinder!«, meint meine Mutter und versucht krampfhaft, Mattis zum Essen des Rohkostsalats zu bewegen. »So geht das schon die ganze Woche, Marie. Deine Kinder mögen kein Gemüse und das finde ich äußerst schade.« Der Blick meiner Mutter spricht Bände.

»Doch, Oma, schon, aber nicht immer roh!«, erwidert Lotta mit genervtem Gesicht.

»Oma kocht auch warm, aber nur Spinat und den mag Nele nicht!«, grinst Mattis und pikst Nele mit einer Karotte auf die Nase.

»Kinder, jetzt ist aber mal Schluss und außerdem, mit Essen spielt man nicht. Andere Kinder wären froh, wenn sie Karotten zum Essen hätten. Ihr wisst gar nicht, wie gut es euch geht …«
Oh Gott! Meine Mutter ist wieder in ihrem Element!

»Also, ihr Lieben, was wollt ihr wissen?«, frage ich in die Runde, um von dem leidigen Thema abzulenken.

»Was gab es Leckeres zu essen, Mama?«, fragt Nele grinsend und schaut auf ihren Rohkostteller. Jetzt müssen alle lachen, nur meine Mutter macht ein verständnisloses Gesicht.

»Ich bin dann mal weg. Es ist spät geworden. Gute Nacht, ihr Lieben, und gute Heimfahrt morgen.« Ina schaut lächelnd zu meiner Mutter, dann drückt sie mich noch einmal herzlich und schiebt mich zur Tür. »Und vergiss nicht, was du mir versprochen hast, Marie. Sag mir Bescheid, wenn du was über deinen Gerrit herausgefunden hast!«, flüstert sie mir ins Ohr.

Gerrit! Mein Herz fängt an, aufgeregt zu schlagen bei dem Gedanken an ihn. »Ja, natürlich, Ina, ich melde mich sofort bei dir. Schlaf gut und träum was Schönes!«, rufe ich ihr lachend hinterher.

Als ich ins Wohnzimmer komme, sitzt meine Mutter alleine am Tisch.

»Wo sind die Kinder?«, frage ich etwas irritiert.

»Im Bett natürlich! Es ist schon spät und morgen ist wieder Schule. Marie, im Übrigen wollte ich mit dir noch einmal allein reden. Das war ja bis jetzt nicht möglich.« Oje, den Tonfall kenne ich von meiner Mutter! Was kommt denn nun noch? Ich bin müde, der Tag war anstrengend und eigentlich will ich nur noch in mein Bett und vielleicht noch von Gerrit träumen ...

Abwesend sage ich: »Ja, Mutter, was gibt es noch Wichtiges zu bereden?«

»Also, Marie ...« Meine Mutter steht vom Sessel auf und kommt zögernd auf mich zu. »Ich hoffe wirklich, dass du mit Ina etwas Spaß hattest. Aber leider muss ich dir sagen, dass ich die Verantwortung für deine frühreifen Kinder nicht mehr übernehmen kann. Ich meine es nur gut, aber meine Enkel sind mir zu anstrengend!«

Jetzt kommt wieder die Predigt über Kindererziehung, nur nicht heute Abend, denke ich und antworte müde: »Ja, Mama, ich verstehe dich, drei Kids sind auch etwas anstrengend in deinem Alter. Außerdem werde ich die nächste Zeit ohnehin nicht mehr verreisen, das verspreche ich dir.« Lächelnd nimmt sie mich in den Arm und sagt: »Ich habe es wirklich gerne getan, das weißt du, und gelacht haben wir auch zusammen. Schlaf gut, mein Kind, bis morgen früh.«

Tja, so ist sie, meine Mutter! Verwundert schaue ich hinter ihr her, als sie im Bad verschwindet. Warum habe ich dieses distanzierte Verhältnis zu ihr? Ich weiß es selbst nicht genau. Warum meint sie, mich immer verbessern zu müssen? Warum habe ich das Gefühl, für sie nicht gut genug zu sein? Vielleicht ist mein etwas lockerer Umgang mit meinen Kindern die Antwort auf ihre kühle, konservative Erziehung, die ich in meiner Kindheit erfahren habe … Hundemüde liege ich keine halbe Stunde später im Bett und falle in einen traumlosen Schlaf.

»Puh, Gott sei Dank, Oma ist weg!« Lotta stürmt in den Flur und wirft ihre Schultasche in die Ecke. »Mama, ganz ehrlich. Die Woche mit Oma war einfach furchtbar.« Meine Große setzt sich zu mir an den Tisch und nimmt sich einen Apfel aus der Obstschale.

»Lotta, bitte nicht so respektlos. Sie ist schließlich deine Großmutter!«, antworte ich scharf.

»War ja nicht so gemeint, Mama, aber echt cool war die Woche mit ihr nicht. Jeden Tag hat sie an uns rumgenörgelt.« Vorwurfsvoll schaue ich sie an. »Sie meint es ja nur gut!« Lotta verdreht die Augen. »Ja, genau das hat sie auch immer gesagt, Mama!« Gedankenverloren schaue ich aus dem Fenster und denke wieder an meine Kindheit.

»Sie meint es doch nur gut«, höre ich meinen Vater sagen, der sich leider auch nicht gegen meine strenge Mutter durchsetzen konnte.

Ach, Papa, schade, dass du nicht mehr bei uns bist, denke ich und Tränen sammeln sich in meinen Augen.

»Mama, hallooo!« Nele schaut mich irritiert an. »Ist alles in Ordnung?«

Schnell wische ich mir die Tränen aus den Augen und lache gezwungen: »Ja, natürlich, immer diese kleinen Obstfliegen. Schrecklich, wenn man die ins Auge bekommt.«

Meine Tochter schaut mich liebevoll an und drückt mir einen leichten Kuss auf die Wange. »Dann ist ja alles gut. Ich habe dich echt vermisst, Mama. Wie war es eigentlich im Urlaub mit Ina. Ich hoffe, ihr hattet richtig Spaß zusammen?«

Ein Lächeln huscht über mein Gesicht. »Ich habe dich auch

vermisst, meine Große. Es war sehr schön, entspannt und ich habe bestimmt fünf Kilogramm zugenommen. Das Buffet im Hotel war einfach köstlich. Wir hatten *all inclusive*. Davon haben wir auch reichlich Gebrauch gemacht«, erzähle ich und zeige ihr auf meinem Handy die Fotos von Hotel und Buffet. »Hey, das sieht ja cool aus, Mama. Schön für euch!«, sagt sie begeistert. »Aber, was habt ihr sonst noch gemacht, außer Essen?«

Verlegen schaue ich auf mein Handy. Jetzt nur nichts Falsches sagen, denke ich und antworte schnell: »Wir waren auf einem Flohmarkt, in der Altstadt, am Strand. Es war ein besonders entspannter und lustiger Urlaub. Du kennst ja Ina, mit ihr ist es nie langweilig«, versuche ich abzulenken und grinse sie an. Oh Gott, gerade noch die Kurve gekriegt! Oder sollte ich meiner Ältesten von meinen peinlichen und alkoholisierten Eskapaden erzählen? Besser nicht, vielleicht später mal und da war ja auch noch Gerrit, von ihm durfte erst einmal überhaupt niemand etwas erfahren …

6. Kapitel

Die erste Woche nach unserem Urlaub liegt schon wieder hinter mir. Wo ist die Zeit nur geblieben? Na ja, mit drei Kindern, Hund und Haushalt hat man alle Hände voll zu tun. Der Alltag hat mich wieder völlig im Griff, denke ich und lasse mich spätabends auf meine Couch im Wohnzimmer fallen. Ich muss noch einmal mit meiner Mutter reden. So geht das nicht weiter! Lotta hat mir erzählt, dass sie ihr eine Riesenszene gemacht hat wegen des angeblichen Rauchens! Meine Tochter war außer sich, weil meine Mutter sie vor ihren versammelten Freunden zur Rede gestellt hat. Also, das geht mir jetzt doch entschieden zu weit.

In Gedanken schütte ich mir ein Glas Saft nach, als mein Handy klingelt. Erschrocken schaue ich auf das Display, wer ruft mich denn so spät noch an?

»Hallo, Marie hier«, sage ich müde ins Telefon.

»Hey, Marie! Sorry, dass ich dich so spät noch störe. Wir haben nun schon ein paar Tage nichts mehr voneinander gehört. Ich wollte nur mal wissen, wie deine erste Woche zu Hause war? Äh … und ob du vielleicht in Sachen Gerrit recherchiert hast?« Ina am anderen Ende der Leitung scheint noch putzmunter zu sein.

»Oh, du bist es, Ina. Schön, von dir zu hören, nur ist es nicht schon etwas spät? Ich bin, ehrlich gesagt, hundemüde und wollte gerade schlafen gehen. Können wir nicht morgen Vormittag zusammen frühstücken, dann bin ich bestimmt aufnahmefähiger«, antworte ich ihr ehrlich und unterdrücke ein Gähnen.

»Ja, super Idee! Dann bis morgen früh neun Uhr. Ich habe dir einiges zu erzählen, Marie!«, höre ich sie durch die Leitung grinsen.

»Alles klar, neun Uhr und schlaf gut, meine Liebe«, sage ich schon fast im Halbschlaf. Als ich mir im Bad die Zähne putze, fällt mir ihr letzter Satz noch einmal ein: Ich habe dir einiges zu erzählen, Marie!

Pünktlich um neun Uhr klingelt es an der Haustür. Die Kinder sind alle aus dem Haus und meinen Morgenspaziergang mit Rowdy durch den Wald habe ich auch schon hinter mir. Heute habe ich nur die kleine Runde genommen, weil ich nicht wollte, dass Ina vor meiner verschlossenen Tür steht.

»Guten Morgen, liebste Freundin!« Ina begrüßt mich überschwänglich und drückt mir frische Brötchen in die Hände.

»Moin, Ina, du bist ja gut drauf, komm, setzen wir uns an den Esstisch. Kaffee kommt sofort!«, gebe ich ihr zurück. Während die Maschine rattert und der Duft frisch gemahlenen Kaffees das Haus erfüllt, ruft sie mir durch die offene Küchentür zu: »Ach, Marie … ich bin so glücklich!«

Schnell schütte ich den Kaffee in die hohen Porzellanbecher, die wir zu unserer Hochzeit von Ina bekommen haben.

Daniel liebte frischgemahlenen Kaffee über alles … Wieder hängen meine Gedanken in der Vergangenheit fest, als Ina mich aus meinen Tagträumen holt.

»Hey, Marie, holst du den Kaffee direkt aus Marokko oder kommst du heute noch?«, höre ich ihre Stimme lachend aus dem Wohnzimmer.

»Komme sofort!«, rufe ich und verdränge meine Gedanken an meinen verstorbenen Mann.

»Was hast du denn für Neuigkeiten?«, frage ich Ina neugierig und stelle die Tassen mit dem heißen Kaffee auf den Tisch.

Ina strahlt über das ganze Gesicht und ihre blauen Augen kommen mir noch leuchtender vor als sonst. »Stell dir vor, Marie! Ich habe gestern mit Isolino gesprochen. Er kommt in zwei Wochen nach Deutschland! Seine Firma schickt ihn für drei Tage nach München, um schon vorab die Messevorbereitungen zu treffen.« Ihre Wangen glühen vor Aufregung und sie grinst mich überglücklich an.

»Das sind ja wirklich tolle Nachrichten, Ina! Ich freue mich so für dich«, sage ich ehrlich gerührt und drücke sie herzlich an mich.

»Ja, ich hätte nie gedacht, dass wir uns so schnell wiedersehen. Obwohl ich es mir sehnlichst gewünscht habe!« Meine beste Freundin sieht rundum glücklich aus und ich freue mich von ganzem Herzen für sie.

»Hey, Marie, wie sieht es eigentlich bei dir und Gerrit aus? Hast du schon etwas über ihn herausgefunden?«

Unruhig rutsche ich auf meinem Stuhl hin und her und antworte verlegen: »Äh, ja, es war die Woche einfach so viel zu tun. Die Kinder, der Hund und die ganze Bügelwäsche. Du stellst dir nicht vor, was alles liegen geblieben ist in der Woche, als wir im Urlaub waren ...«

Ina schaut mich durchdringend an, grinsend antwortet sie: »Ja, ja, die liebe Marie, für alles hat sie Zeit.«

Ich fühle mich ertappt und flüchte mich in ein Lächeln. »Du hast ja wieder mal recht, Ina. Ich habe einfach Angst, ihn zu suchen«, gebe ich zu. »Stell dir mal vor, ich finde ihn! Was soll ich dann tun?«

Meine Freundin steht auf und legt liebevoll ihre Arme um meine Schultern. »Liebe Marie, was sagt dir dein Herz?«

Mit einem Seufzer schaue ich sie an. »Ach, Ina. Mein Herz ist immer noch in Italien. Ich habe mich die Woche abgelenkt mit allen möglichen Dingen, um nur nicht an Gerrit zu denken. Der Gedanke, ihn nicht mehr wiederzusehen, macht mich echt fertig. Aber wie soll das alles mit uns weitergehen? Ich habe schließlich hier Haus und Kinder«, antworte ich traurig.

Ina schaut mich mit entschlossenem Blick an. »Du weißt, wie ich darüber denke! Natürlich hast du deine Kinder und die sollst du auch überhaupt nicht vergessen. Nur, du bist noch viel zu jung, um schon mit dem Leben abzuschließen! Denk jetzt endlich einmal an dich!«

Der Gedanke an Gerrit zaubert mir ein Lächeln ins Gesicht. »Okay, ich hab's verstanden, Ina! Morgen werde ich versuchen etwas über ihn herauszufinden. Versprochen!«

Zufrieden grinst Ina mich an. »Na, also geht doch und wenn du dich mit ihm treffen möchtest, sag mir bitte Bescheid. Ich helfe dir gerne als Kindermädchen aus!«

Erstaunt schaue ich sie an. »Das würdest du wirklich für mich tun, Ina? Du bist die Beste!« Lachend falle ich ihr um den Hals. Das war eines meiner größten Probleme. Wohin mit den Kindern? Ich würde ungern alle Kinder samt Hund bei einem ersten Treffen mitschleppen. »Oh, Ina, das ist echt supernett von dir! Du weißt ja, dass die Kinder mit meiner Mutter nicht so gut auskommen. Sie ist ja eine gute Oma, aber fragen würde ich sie am liebsten nicht. Ihre ewige Bevormundung geht meinen Kids einfach auf die Nerven!«

… obwohl sie es ja nur gut meint, vervollständige ich den Satz in Gedanken.

»Keine Ursache, Marie, ist doch selbstverständlich unter Freundinnen. Nur musst du ihn jetzt langsam mal ausfindig machen«, antwortet Ina grinsend und ehe ich was sagen kann, holt sie sich meinen Laptop an den Tisch. »So, jetzt schauen wir doch einmal, ob wir den lieben Gerrit im Internet finden.«

Mit offenem Mund sitze ich neben ihr und stottere: »Oh, jetzt sofort, ich dachte morgen?«

Lachend setzt sie sich neben mich und stupst mich in die Seite: »Was du heute kannst besorgen, das verschiebe nicht auf morgen. Du hast schon genug Zeit vertrödelt, los jetzt!«

Aufgeregt klappe ich meinen Laptop auf und gebe mit zittrigen Händen in die Suchleiste »Gerrit van Stappen« ein. Mindestens zehn sind in dem größten sozialen Netzwerk online gelistet.

»Da ist aber leider mein Gerrit nicht dabei«, höre ich mich traurig sagen. »Mein Gerrit«? Sofort wird mir klar, was ich da gerade gesagt habe, und ich räuspere mich mit hochrotem Kopf: »Äh, natürlich meine ich, der Gerrit van Stappen, den ich suche, ist nicht dabei.«

Ina grinst mich mit ihren blauen Augen schelmisch an. »Nein, der Gerrit van Stappen ist nicht dabei. Hey, Marie … ist doch schön, wenn du ihn so in dein Herz geschlossen hast. Mach dich doch mal locker!«

Jetzt muss auch ich lachen und gebe zu: »Okay, leugnen ist nicht mehr möglich! Ich denke ständig an ihn, Ina, und hoffe sehr, dass ich seine Adresse auf diesem Weg finde.«

Langsam scrolle ich weiter und lese: Gerrit van Stappen – Hendrik ten Belt – Surf- und Tauchschule Westerland Nordholland Corienstraat 20. Mein Atem stockt, ein Foto ist auch noch dabei. Es zeigt eindeutig Gerrit lachend in einem Tauchanzug und daneben – das muss Hendrik sein.

»Wir haben ihn, Marie!«, ruft Ina so laut aus, dass es wahrscheinlich noch im Nachbarhaus zu hören ist.

»Und was machen wir jetzt?«, frage ich Ina mit belegter Stimme. Mein Herz schlägt bis zum Hals, als ich mir sein Foto näher anschaue. »Ein schmuckes Kerlchen, Marie.« Ina schaut mir über die Schulter.

Er sieht wirklich gut aus auf dem Foto, aber in Italien hat er mir noch besser gefallen, denke ich und sage so unaufgeregt wie möglich: »Ja, ein attraktiver Mann.«

»Marie, das ist deine Chance. Jetzt kannst du ihn doch kontaktieren!« Aufgeregt schaut meine Freundin auf das Foto.

In den sozialen Netzwerken scheint er nicht zu sein. Auf diesem Weg kann ich ihn also nicht kontaktieren. Ich selbst bin auch kein Social-Media-Freak.

»Ich weiß ja nicht einmal, ob er überhaupt Interesse hat, Ina. Vielleicht ist er sogar verheiratet!«, gebe ich zu bedenken.

»Hast du einen Ring an seinem Finger gesehen?«, fragt sie ohne Umschweife.

»Nein, aber das hat ja heute nichts mehr zu sagen. Viele Männer nehmen ihre Ringe ab, wenn sie allein unterwegs sind. Das weißt du doch auch, oder?«

Ina beißt sich auf die Lippe und ihre Augen füllen sich mit Tränen. Oh, Mist! Das habe ich nicht gewollt. »Sorry, das habe ich nicht so gemeint, das weißt du. Ich wollte dich nicht an diesen miesen Typen erinnern.«

Ina hatte es immer schwer, den Richtigen zu finden. Obwohl sie so wunderschön ist, ist sie mehr als einmal an verheiratete Männer geraten, die ihr das Blaue vom Himmel versprochen haben und sich dann einfach nicht mehr bei ihr gemeldet haben. Die Letzte dieser Geschichten endete vor knapp einem halben Jahr. Ina wischt sich die Tränen von den Wangen. »Schon gut, Marie, an solche Typen, wie du sie richtigerweise nennst, werde ich keinen Gedanken mehr verschwenden!«

Puh, das habe ich gerade nochmal hinbekommen. Gott sei Dank ist meine beste Freundin nicht nachtragend! Liebevoll streiche ich ihr über ihre blonden Locken. »Du hast ja jetzt deinen Isolino gefunden und ich hoffe, er meint es ehrlich. Sonst bekommt er es mit mir zu tun!«, lache ich übermütig.

»Ja, das hoffe ich auch. Übernächste Woche sehe ich ihn schon wieder. Ich bin schon jetzt ganz aufgeregt, Marie!« Ina strahlt über das ganze Gesicht.

»Oh, schon so spät! Die Kinder kommen gleich schon von der Schule und ich habe noch nichts gekocht!«, fällt es mir heiß ein.

Ina schaut mich mit ihren großen blauen Augen erstaunt an. »Das ist doch jetzt nicht dein Ernst, Marie? Du hast aber auch immer eine Ausrede parat. Aber nicht mit mir!« Sie rückt meinen Stuhl näher an den Tisch mit dem Laptop. »So viel

Zeit muss noch sein. Wir haben noch mindestens eine Stunde, bis deine Kids von der Schule kommen! Also, los geht's!«, antwortet sie energisch.

Jetzt gibt es kein Zurück mehr.

Ina steht wie eine Gouvernante hinter mir und stupst mich grinsend an. »Los, schreib ihm über seine Webseite, dass du gerne ein paar Surfstunden bei ihm nehmen würdest! Rein beruflich. Da kann er ja schlecht Nein sagen.«

Soll ich das wirklich tun? So aufgeregt war ich schon seit Jahren nicht mehr.

Auf der anderen Seite, was habe ich schon zu verlieren? Mit zittrigen Fingern schreibe ich ihm auf seiner offiziellen Firmenseite: *Hallo, Herr van Stappen. Ich möchte gerne Surfstunden bei Ihnen buchen. In welchem Zeitraum wäre es Ihnen möglich? Liehe Grüße aus Deutschland, Marie Kramer. PS: Um zeitnahe Antwort wird gebeten. Vielen Dank!* Abschicken!

»Puh, Ina. Ich hab es getan! Oh Gott, was wird er von mir denken? Vielleicht weiß er überhaupt nicht mehr, wer ich bin?«, stottere ich aufgeregt.

Ina drückt mich herzlich an sich und sagt grinsend: »Hey, jetzt beruhige dich erst mal. Natürlich wird er sich noch an dich erinnern. Schließlich sind ja noch keine Lichtjahre vergangen seit eurem letzten Zusammensein.«

Nervös gehe ich im Zimmer auf und ab und selbst Rowdy schaut mich fragend an. »Ja, schon, aber schließlich endete unser Zusammensein ziemlich abrupt«, gebe ich ihr zu bedenken.

Ina lacht laut auf. »Wie jetzt? Das Zusammensein endete abrupt! So intim wart ihr schon?«

Mit hochrotem Kopf schaue ich sie an und stottere: »Äh, nein, nein, natürlich nicht so, wie du denkst! Es war nur ein Kuss!«

»Im Zweifel für den Angeklagten! Mensch, Marie, du brauchst dich doch nicht zu verteidigen!« Lachend kommt

Ina auf mich zu. »Du brauchst vor niemandem Rechenschaft abzulegen. Merk dir das bitte endlich mal! Du alleine bist für dein Leben verantwortlich und das Schöne daran ist, du kannst dich jeden Tag neu für ein besseres, interessanteres, prickelndes Leben entscheiden!« Überrascht schaue ich sie an. Tja, so habe ich das noch nie gesehen. Jeder hat letztendlich sein Leben selbst in der Hand!

»Da ist was dran, Ina. Du hast wieder mal recht. Meine beste Philosophenfreundin. Wenn ich dich nicht hätte«, lächele ich sie dankbar an.

»Na, na, jetzt übertreib mal nicht. Bei anderen habe ich immer die besten Ratschläge parat, nur bei mir selbst funktioniert das irgendwie nicht so recht …«, stöhnt sie und streichelt Rowdy über sein schwarz-weißes Fell.

»Oh, jetzt ist es wirklich schon fast zwölf Uhr. Ich muss heute Nachmittag noch zum Frisör.«

Ina schaut auf ihr Handy und nimmt ihre Jacke vom Stuhl.

»Also, Marie, jetzt heißt es abwarten und Tee trinken und sag mir bitte sofort Bescheid, wenn er sich gemeldet hat!« Zwinkernd winkt sie mir von der Haustür zu.

Weg ist sie! Tja, abwarten und Tee trinken, super! Was mach ich, wenn er sich nicht meldet? Dann weiß ich wenigstens, dass er kein Interesse hat, und die Entscheidung wurde mir abgenommen, denke ich laut. Was aber, wenn er sich meldet? Mir wird schon wieder heiß und kalt bei dem Gedanken. Gerrit, melde dich bitte … Nein, besser nicht! In meinem Kopf schwirren die Gedanken wie Hummeln durcheinander und im Bauch fliegen tausend Schmetterlinge!

7. Kapitel

M ama, Mattis hat mich auf dem Spielplatz mit Sand be-
worfen. Mein Auge brennt. Auaaa!« Meine Jüngste kommt in
die Küche gerannt und schmiegt sich in meine Arme.
»Oh, lass mal sehen, Nele!« Vorsichtig reibe ich ihr den Sand
aus den Augen. »Jetzt wird es gleich besser, mein Schatz. Wie
ist das denn passiert? Und wo ist Mattis?«, frage ich nervös.
»Mama, der ist ganz blöd! Er meinte, ich wäre eine Heulsuse
und eine Petze, nur weil ich geweint habe, als er mir den Sand
über den Kopf geschüttet hat.«
Ach du meine Güte, jetzt erst sehe ich, dass Neles Haar eine
ordentliche Sanddusche abbekommen hat. Der feine Sand
rieselt von ihrem Kopf auf die Fliesen in der Küche und die
Sandspur von der Haustür ist nicht zu übersehen.
»Wo ist Mattis?«, rufe ich jetzt verärgert. »Er kann dir doch
nicht einfach den ganzen Sand über die Haare schütten. Das
bekommen wir nie mehr raus!« Meine Geduld ist fast am Ende.
»Ich habe ihm gesagt, dass er Ärger kriegt, aber er meinte,
ich solle meinen Mund halten und mich nicht so mädchenhaft
anstellen.« Nele ist den Tränen nah.
Das arme Kind! Schnell schiebe ich sie ins Badezimmer. Eine
halbe Stunde und mindestens fünf Haarwäschen später sitzt
Nele zufrieden mit einem großen Becher heißer Schokolade
im Wohnzimmer. Die Dusche sieht aus wie nach einem Sand-
sturm in der Sahara und selbst Rowdy hat das Weite gesucht.
Die kleinen Sandkörnchen sitzen in jeder Ritze der Fliesen
und ich fluche insgeheim über das Leben einer Hausfrau und
Mutter. Was hatte Ina vorgestern gesagt? »Du kannst dich jeden Tag neu für dein Leben entscheiden ...« Rein theoretisch
gesehen mag das stimmen, aber praktisch stößt man mit drei
Kindern da an seine Grenzen.

»Mattis, was war das für eine Aktion heute Mittag?«, frage ich meinen Sohn beim Abendessen.

Mattis rutscht auf seinem Stuhl hin und her und schaut auf seinen Teller. »Ähm, wir wollten die Mädchen nur ein kleines bisschen ärgern, Mama. War nicht böse gemeint.« Reumütig schaut er mich mit seinen strahlend blauen Augen an. Wie sein Vater!, kommt es mir blitzschnell in den Sinn. Mattis und Lotta sehen ihrem verstorbenen Vater sehr ähnlich. Nele kommt mehr nach mir.

»Trotzdem, das geht gar nicht. Du kannst deiner Schwester doch nicht einen ganzen Eimer Sand überschütten. Ich hoffe, du machst das nicht wieder und entschuldigst dich jetzt bei Nele«, sage ich streng und versuche die Gedanken an meinen verstorbenen Mann zu verdrängen.

»'tschuldigung …«, nuschelt Mattis leise und schaut auf den Boden.

Nele sagt empört: »Das ist keine richtige Entschuldigung, Mama. Ich will, dass er mir etwas von seinen Gummibärchen abgibt!«

Sofort ist Mattis wieder seiner Sprache mächtig und antwortet trotzig: »Die habe ich von Ina geschenkt bekommen und die darf ich ganz alleine essen. Warum sollte ich dir davon abgeben …?«

Nele verzieht das Gesicht zu einer Schnute und grinst. »Weil Mama das sagt, gell, Mama?«

Manchmal könnte ich einfach auf und davon, denke ich und antworte: »Bitte vertragt euch jetzt wieder! Was die Gummibärchen angeht, muss ich dich leider enttäuschen, Nele, die gehören Mattis.«

Mein Sohn schmunzelt zufrieden und reicht Nele die Hand. »Entschuldigung, wird nicht mehr vorkommen. Großes Indianerehrenwort!«

»Damit wäre das Thema ja jetzt endlich erledigt. Ab in die

Federn, ihr zwei«, sage ich lachend und bin heilfroh, dass sich die beiden wieder vertragen. Schnell bringe ich sie in ihre Betten und bete noch wie jeden Abend unser Gutenachtgebet, bevor ich das Licht ausschalte.

»Gute Nacht, Mama, wir haben dich ganz doll lieb«, kommt es fast wie aus einem Munde.

»Ich euch auch«, sage ich leise und wische mir eine Träne aus den Augen. Sichtlich gerührt gehe ich die Treppe herunter ins Wohnzimmer.

Die Kinder können oft anstrengend sein, denke ich. Aber missen möchte ich sie keine Minute meines Lebens! Lotta schläft heute Abend bei ihrer Freundin Greta. Was für eine Ruhe im Haus!

Nachdem ich mir noch einen heißen Tee gemacht habe, setze ich mich gespannt vor meinen Laptop. Seit meinem Schreiben an Gerrit sind jetzt schon zwei Tage vergangen und noch immer keine Nachricht von ihm. Langsam werde ich unruhig. Als ich meinen Laptop aufklappe, sehe ich eine Nachricht: *Hallo, Marie, gern kannst du en Surfstundje neemen. Leider is Gerrit momenteel niet aanwesend. Ik hoop, dat je später nog en anfrag stellt. Hartelijke groeten, uit Nederland Hendrik ten Belt.*

Langsam lese ich noch einmal. Mein Niederländisch ist nicht sehr gut, doch der Sinn erschließt sich mir trotzdem. Eindeutig steht da, Gerrit ist momentan nicht anwesend! Alle möglichen Gedanken gehen mir durch den Kopf. Wo ist er? Oder will er mich vielleicht nicht treffen? Hat er seinen Freund beauftragt mir diese Nachricht zu schicken? Mir wird flau im Magen und mein Kopf platzt fast vor Erregung. »Aus der Traum von Gerrit und mir«, sage ich leise vor mich hin und dieses Mal laufen die Tränen über mein Gesicht. Das wäre sowieso nicht gut gegangen, Marie. Du in Deutschland und er in Holland – bleib doch vernünftig!, höre ich meine innere Stimme sagen.

Langsam klappe ich meinen Laptop zu und schaue auf das

Foto von Daniel. Warum hast du mich alleine gelassen? Ich fühle mich so einsam ohne dich! Die Tränen laufen mir über die Wangen, als ich das Foto vom Schrank nehme. Das Bild habe ich ein paar Monate vor seinem Tod gemacht. Da sah man ihm noch nicht an, wie krank er schon war. Seine braunen Haare wehen im Wind und er lacht mich glücklich an. Das war in Zeeland, unserem Lieblingsurlaubsort in Holland.

Holland, ja, das war seine zweite Heimat. Er liebte es, stundenlang am Meer zu laufen und mit den Kindern Drachen steigen zu lassen. Am liebsten aßen wir *Frikandel Spezial* und *Pattat*, was so eine Art Würstchen mit Zwiebeln ist und Pommes. Danach tranken wir noch alle eine *grote Schokomel met Slaagroom*, was unserer heißen Schokolade ähnelt. So lecker! Langsam beruhige ich mich wieder und sehe die Bilder vor mir. Ja, Holland. Seit dem Tod von Daniel war ich nicht mehr dort. Zu viel erinnert mich an ihn … Und doch, jetzt zieht es mich wieder nach Holland. Nordholland, Westerland … Gerrit.

8. Kapitel

Guten Morgen, Marie, schon ausgeschlafen, oder habe ich dich geweckt?«, höre ich Ina am anderen Ende der Leitung. Das Handyklingeln holte mich aus meinem unruhigen Schlaf. Ich träumte von Gerrit, der mit mir am Meer entlanglief und seine Hand fest in meiner hielt. Abrupt blieb er stehen und schaute mich mit seinen blauen Augen intensiv an. »Komm zu mir nach Holland, Marie. Wir können uns ein neues Leben aufbauen. Du musst nur wollen ...«, hörte ich ihn zärtlich sagen.

»Nein, ich kann nicht, Gerrit, meine Kinder!«, antwortete ich verwirrt und rannte los, ohne mich noch einmal umzusehen. Schweißgebadet wachte ich auf.

»Hallo, Ina. Sorry, ich habe noch geschlafen. Aber jetzt bin ich wach«, antworte ich noch etwas benommen. »Soll ich später noch mal anrufen? Ich glaube, du brauchst erst mal eine Dusche und einen starken Kaffee.«

Langsam setze ich mich auf und sehe, dass es schon fast neun Uhr ist. Gott sei Dank! Heute ist Sonntag, fällt es mir ein, als ich ihr antworte: »Alles klar, ich glaube, ich brauche jetzt wirklich erst meine Dusche, Ina. Ich habe schlecht geträumt und unruhig geschlafen.«

Am anderen Ende höre ich ein erstauntes »Wer hat dich denn so schlecht träumen lassen? Hey, Ina, erzähl schon, jetzt bin ich neugierig geworden!«

Immer noch etwas schläfrig schaue ich zum Fenster in den Garten. Nele und Mattis spielen mit Rowdy Fangen und purzeln mit ihm über den Rasen. Sonntags schlafe ich immer etwas länger und die Kinder wissen, heute ist Mamas Ausschlaftag! »Ina, ich erzähle es dir heute Nachmittag, okay? Oder hast du schon etwas Besseres vor?« Sonntagnachmittags gehen wir

meistens mit Rowdy eine große Runde in den Wald hinter unserem Haus. Bis jetzt gehen die Kids außer Lotta immer noch gerne mit. Fragt sich nur, wie lange noch?
»Haha, gute Frage, was soll ich schon Großes vorhaben am Sonntagnachmittag«, höre ich sie lachen. »Außerdem möchte ich unbedingt wissen, was es Neues gibt im Hause Kramer!« Typisch Ina, denke ich. »Dann, bis später und bring bitte noch von dem leckeren Bienenstich aus der Konditorei *Friedmann* mit. Ich brauche heute ein ganz besonders großes Stück«, sage ich und winke den Kindern im Garten zu.
»Okay, bis später, Marie!« Klick, weg ist sie. Jetzt erst mal unter die kalte Dusche und die Gedanken ordnen!

Klingeling, klingeling schellt es an der Tür. »Mama, ich geh schon!«, ruft Lotta mir zu und stürmt die Treppe herunter.
»Hallo, Ina, Mama wartet schon auf dich«, höre ich meine Älteste sagen. Rowdy kommt angerannt und begrüßt meine Freundin mit seiner nassen Schnauze.
»Hey, du wirfst mich ja zu Boden, Rowdy!«, lacht sie und wirft ein Hundeleckerli in die Luft. Springend fängt er es auf und bellt zur Begrüßung laut auf.
Jetzt sehe ich erst, dass sie den Kuchen mit einer Hand balanciert. »Hey, Ina, gib mir mal den Kuchen, sonst liegt der gleich auf dem Boden und Rowdy freut sich!«, grinse ich und rette den Kuchen in die Küche.
»Wollen wir gleich los? Du siehst ja, Rowdy ist schon außer Rand und Band!«, frage ich und hole die Hundeleine aus der Abstellkammer.
Keine fünf Minuten später laufen wir in Richtung *altes Forsthaus* im Wald. Die Vögel zwitschern und die Sonne scheint durch die Zweige der Bäume. Es riecht nach frischem Gras. Ein wunderschöner Tag, denke ich, wenn da nur nicht dieser blöde Traum und, ja, die Nachricht auf meinem Laptop wären …

Ina scheint meine Gedanken gelesen zu haben. »So, jetzt mal raus mit der Sprache, was ist los?«, fragt sie mich, als Nele und Mattis gerade mit einem Maulwurfshügel beschäftigt sind und wir auf der alten Holzbank auf der Lichtung sitzen. Unglücklich schaue ich sie an. »Ich habe gestern eine Nachricht bekommen«, sage ich zögernd. »Das ist ja toll, und was schreibt er?«

Ina schaut mich erwartungsvoll an.

»Gerrit? Schreibt nichts!«, antworte ich und schaue zu den Kindern, die sich an den Maulwurfshügel schleichen.

»Wie, was jetzt! Du hast doch gerade gesagt, dass du eine Nachricht von ihm bekommen hast.« Ungläubig schaut sie zu mir rüber.

»Ich habe gesagt, dass ich eine Nachricht bekommen habe. Das ist auch richtig, aber leider nicht von Gerrit, sondern von seinem Geschäftspartner Hendrik ten Belt. Er schreibt, dass Gerrit momentan *niet aanwesend* ist. Was auf Deutsch so viel heißt, dass er nicht da ist …«, antworte ich mit belegter Stimme.

»Scheiße, sorry, Marie!« Sichtlich verärgert antwortet sie trotzig: »Das ist doch jetzt echt nicht wahr! Du überwindest dich endlich nach langem Zögern ihm zu schreiben und dann kommt so eine Antwort.«

Ina ist richtig sauer, das sehe ich an ihrer Stirnfalte, die sich tiefer als normal zeigt.

»Lass mal gut sein, Ina. Ich habe es probiert, aber anscheinend sollen wir uns nicht wiedersehen. Vielleicht hat er Frau und Kinder und ich war nur eine kleine Abwechslung für ihn«, sage ich leise und kann meine Enttäuschung nur schwer verbergen.

»Was sagt dir dein Gefühl? Willst du allen Ernstes schon die Segel streichen? Vielleicht war alles nur ein dummer Zufall!« Ina schaut mich durchdringend an. »Seit Jahren habe ich

77

wieder ein Leuchten in deinen Augen gesehen, Marie, und du hattest dich in Italien wieder ein kleines bisschen verliebt, das hast du mir überraschenderweise selbst gesagt und jetzt willst du schon aufgeben?« Sie lächelt mir aufmunternd zu.

»Ach, in Italien war alles so schön, so leicht, so unbeschwert, aber leider ist das nicht mein reales Leben. Ich bin hier in Deutschland mit meinen Kids, und ich wüsste auch nicht, wie eine Beziehung über diese Distanz überhaupt funktionieren sollte«, antworte ich wehmütig und spüre, wie sich meine Augen mit Tränen füllen.

Liebevoll legt Ina ihren Arm um mich und drückt mich fest an sich. »Marie, ich verstehe deine Bedenken, aber manchmal wird aus einem Haufen Mist doch noch ein guter Dünger.«

Typisch Ina, denke ich und sage leise lächelnd: »Ja, vielleicht wird aus dem Haufen Mist doch noch etwas Großes ...«

Wie schnell die Zeit vergeht, mittlerweile ist es schon Anfang September und die letzten Sonnenstrahlen des Sommers brechen durch die Wolken. Seit dem letzten Mailkontakt mit Hendrik ten Belt habe ich nichts mehr von Gerrit gehört. Ich denke, es war die richtige Entscheidung, dass ich mich nicht mehr bei ihm gemeldet habe. Ina hat noch mehrmals versucht, mich umzustimmen. Bis jetzt ohne Erfolg! So schön die kurze Zeit mit ihm in Italien auch war, noch einmal werde ich ihm nicht schreiben. Wahrscheinlich ist er anderweitig liiert und hat unsere kleine Romanze längst vergessen.

In Gedanken versunken höre ich mein Handy klingeln.

»Hallo, Marie hier«, sage ich abwesend und schaue hinaus in den Garten. Die Kids spielen *Fang den Ball* mit Rowdy und werfen Tennisbälle in die Luft.

»Hallo, Marie, wollte nur kurz mit dir reden, wenn du ein paar Minuten Zeit hast«, höre ich meine Mutter sagen.

»Hallo, Mama. Wie geht es dir?« Wenn meine Mutter ohne

einen ersichtlichen Grund anruft, ist entweder ihre beste Freundin gestorben oder ihre Katze, denke ich und antworte: »Ja, ja, natürlich! Mama. Was gibt es?« Kurz höre ich ein Knacken in der Leitung und dann ein Räuspern: »Nun ja, es ist so. Ich wollte am Sonntag gerne bei dir vorbeikommen …«, sagt sie zögernd. »Ja, schön. Wann wolltest du da sein? So gegen fünfzehn Uhr zum Kaffee?«, sage ich und schütte mir ein Glas Orangensaft ein. »Äh, ja, es ist nämlich so. Ich komme nicht allein, Marie.« Ich muss grinsen, also scheint ihre Freundin doch noch zu leben, denke ich und antworte ohne Umschweife: »Okay, Mama, wann wolltet ihr kommen?«

Einen Moment ist Stille, dann höre ich sie sagen: »Liebe Marie, ich bringe Graf von Putlitz mit. Natürlich nur, wenn es dich nicht stört.« Peng! Graf von Putlitz? Das hört sich nicht nach Mutters bester Freundin an! Irritiert antworte ich: »Ja, äh, Mama. Natürlich kannst du deinen Bekannten mitbringen.«

Die Erleichterung am anderen Ende der Leitung ist deutlich zu spüren. »Schön, mein Kind, dann sind wir am Sonntag so gegen fünfzehn Uhr bei euch. Frederik wird sich freuen dich endlich kennenzulernen …« Klick, das Gespräch ist beendet.

Jetzt muss ich erst mal Luft holen und hätte mich fast an meinem Orangensaft verschluckt. Frederik Graf von Putlitz! Meine Mutter ist seit zehn Jahren Witwe und ich habe immer gedacht, dass sie sich außer mit ihren Freundinnen zum Romméspielen mit niemandem mehr trifft und schon gar nicht mit einem Grafen von Putlitz! So kann man sich täuschen, denke ich und muss erst mal die Information sortieren.

Meine Mutter ist mit ihren einundsiebzig Jahren noch eine sehr interessante Erscheinung mit ihrer zierlichen Figur und ihren strahlend blauen Augen, die ich leider nicht von ihr geerbt habe. Nach dem Tod meines Vaters hatte sie sich komplett zurückgezogen und ihre eher introvertierte Art machte es ihr nicht unbedingt leicht, auf Leute zuzugehen. Außerdem ist sie leider ausgesprochen konservativ und begegnet anderen Menschen oft mit einer gewissen Arroganz. Trotz aller Freude darüber, dass meine Mutter vielleicht noch einmal eine neue Liebe erlebt, frage ich mich: Wo und wie hat sie diesen Grafen von Putlitz nur kennengelernt? »Na ja, Marie«, denke ich laut. »Das wirst du am Sonntag wohl erfahren ...«

Heute ist noch mal ein richtig schöner Herbsttag und ich decke den Kaffeetisch auf der Terrasse.

»Mama, wann kommt Oma und wen bringt sie mit?« Lotta stellt den Kuchen auf den Tisch und nascht etwas von der Sahne.

»Ja, wenn ich das wüsste. Sie hat mir auch nur gesagt, dass sie einen Bekannten mitbringt«, antworte ich Lotta ehrlich. Meine Älteste reißt die Augen auf und antwortet ungläubig: »Oma hat einen Bekannten?«

Grinsend gebe ich zurück: »Ja, so wie es aussieht, hat sie das und in seinen Adern fließt blaues Blut.«

Lotta stottert aufgeregt: »Wie, was, blaues Blut?«

»Seine Name ist Frederik Graf von Putlitz, das hört sich doch sehr nach Adel an, oder?«, sage ich schmunzelnd. »Aber, wir werden ihn ja gleich kennenlernen. Oh, ich glaube, es hat geklingelt. Das werden sie sein, Lotta.« Meine Tochter steht wie vom Blitz getroffen auf der Terrasse und schaut mich verwirrt an. »Ich gehe und mache ihnen die Tür auf«, rufe ich ihr zu und laufe zur Haustür.

»Hallo, mein Kind, schön, dich zu sehen.« Meine Mutter drückt mir einen leichten Kuss auf die Wange und ihre blauen Augen leuchten dabei wie Sterne am Nachthimmel. Mein Gott, was passiert denn hier gerade, denke ich und sage freundlich: »Kommt rein, der Kaffee steht auf der Terrasse.«

»Also, Marie, das ist Frederik!«, höre ich meine Mutter sagen. Ein großer schlanker, gutaussehender Mann mit grauen Schläfen und im vornehmen Anzug reicht mir die Hand.
»Guten Tag, Frau Kramer. Frederik von Putlitz. Danke für die spontane Einladung.«
Vor Aufregung und Überraschung gebe ich ihm meine linke Hand. »Hallo, Marie«, antworte ich kurz und schaue meine Mutter an, die voller Stolz Frederik an der Hand auf die Terrasse führt.
Lotta steht wie angewurzelt am Kaffeetisch, als sie ihre Oma am Arm eines fremden Mannes sieht.
»Hallo, Lotta-Kind! Das ist meine Enkeltochter, Frederik«, strahlt meine Mutter ihn an.
»Hallo, Oma, und äh, hallo, Frederik. Ich muss dann mal weg. Hab noch 'ne Verabredung!« Irritiert schaut Lotta ihre Oma an und verschwindet im Wohnzimmer.
»Tja, junge Leute, haben es immer eilig«, grinst meine Mutter und setzt sich an den Tisch.
»Ja, dann, Herr von Putlitz, auch ein Stück Kuchen?«, frage ich nervös und schaue ihn mir jetzt genauer an. Meine Mutter hatte schon immer einen guten Geschmack, was Männer angeht. Mein Vater war auch ein sehr attraktiver Mann. Aber dieser Frederik scheint mir einige Jahre jünger zu sein. Seine vollen dunklen Haare sind mit einigen grauen Strähnen durchwachsen und seine leicht gebräunte Haut sieht äußerst gepflegt aus.
»Ja, vielen Dank und bitte, sagen Sie doch Frederik zu mir«, lacht er mich freundlich an.
Meine Güte, was für ein »Sahneschnittchen« würde Ina sagen.
»Äh ja, ich bin Marie«, wiederhole ich stotternd.
Meine Mutter sieht auch ausgesprochen gut aus. Ihre einundsiebzig Jahre sieht man ihr wirklich nicht an. Ihr blondes

Haar und die blauen Augen strahlen um die Wette, als sie sagt: »Marie, ich muss mich schon bei dir entschuldigen, dass ich mit Frederik hier so kurzfristig reinplatze, aber wir wollten unbedingt noch hier vorbeikommen, bevor wir auf unsere Kreuzfahrt gehen!«

Kreuzfahrt? Mutter, Frederik? Es wird ja immer verrückter! Ich versuche meine Aufregung, so gut es geht, zu verbergen, und schneide zitternd den Kuchen an.

»Ja, es ist meine Schuld, Marie. Ich habe deine Mutter, äh, Christine, zu dieser Kreuzfahrt eingeladen«, sagt Frederik und strahlt meine Mutter zärtlich an.

Mit roten Wangen gibt sie aufgeregt zurück: »Ja, Marie. Ist das nicht schön? Aber natürlich erzähle ich dir erst mal, wie es eigentlich dazu kam, dass Frederik und ich, nun ja, zusammen sind.«

In meinem Kopf schwirren alle möglichen Gedanken durcheinander und ich versuche, ruhig zu antworten: »Ja, natürlich ist das schön für dich, ich meine euch, Mama.«

Der Kuchen bleibt mir im Hals stecken und der Kaffee schmeckt schal. Mutter auf Kreuzfahrt mit einem fremden Mann? Das muss ich erst einmal verdauen.

»Also, Marie, du willst sicher wissen, wo und wie wir uns kennengelernt haben«, sagt meine Mutter schelmisch. Natürlich interessiert mich das brennend, denke ich und antworte höflich: »Ja, Mama, du wirst es mir sicher gleich verraten.«

Frederik schaut meine Mutter von der Seite an und ich muss sagen, sein Blick spricht Bände! Natürlich kann meine Mutter einen neuen Lebenspartner haben und wenn sie glücklich dabei ist, gönne ich es ihr von ganzem Herzen. Nur muss sie sich dabei so verliebt verhalten?

Als ob sie meine Gedanken lesen könnte, meint sie: »Ich liebe dich wirklich sehr, Marie, und meine Enkelkinder natürlich, aber ich will euch auch nicht immer mit meiner Anwesenheit belästigen.«

Entrüstet gebe ich zurück:»Mama, du belästigst uns doch nicht! Die Kinder und ich freuen uns immer sehr, wenn du zu Besuch kommst. Ich hoffe, das weißt du.«

Liebevoll schaut sie mich an und nimmt mich in ihre Arme.

»Das weiß ich doch, Marie, aber du hast dein Leben und ich habe jetzt auch wieder mein Leben!«, sagt sie leise und zwinkert Frederik zärtlich zu. Die ganze Situation ist sehr emotional und ich schlucke meinen Kuchen wie ein zentnerschweres Stück Eisen herunter.

Natürlich hat sie das Recht sich nach dem Tod meines Vaters ein neues Leben aufzubauen! Aber irgendwie wirkt die ganze Situation gerade so unrealistisch auf mich ... Oder liegt es an der Tatsache, dass meine Mutter vor mir einen neuen Lebenspartner gefunden hat?

Zwei Stunden und einige verliebte Blicke später weiß ich, dass Frederik von Putlitz neunundfünfzig Jahre, geschieden ohne Kinder und Besitzer eines Reitgestütes ist. Meine Mutter und er haben sich bei einem Reitturnier kennengelernt, bei dem die Enkelin ihrer Freundin Gertrud mit ihrem Pferd eine Medaille gewonnen hat. So spielt das Schicksal Armor, denke ich, als ich Frederik und meine Mutter so glücklich zusammen sehe.

»Tja, Marie, jetzt kennst du die Geschichte und ich hoffe, du verzeihst mir, dass ich dir erst jetzt von Frederik erzählt habe. Ich wollte mir einfach sicher sein, dass es mit uns mehr ist als nur eine Liebelei.«

Verliebt strahlt sie mich an und Frederik zwinkert mir zu.

»Ihre Mutter ist für mich eine große Bereicherung und wir beide wollen unser Leben in Zukunft gemeinsam gestalten. Ich würde mich sehr freuen, wenn du und die Kinder uns auf meinem Gestüt besuchen würdet. In zwei Wochen gehen wir dann an Bord der *Sunflower* in Richtung Mittelmeer.«

Ach, wie schön für die beiden, denke ich und meine Gedanken schweifen ab nach Italien.

Gerrit!, kommt es mir wieder in den Sinn. Wo wird er jetzt sein und warum hat er sich nicht mehr bei mir gemeldet? Tja, nicht jede Romanze endet mit einem Happy End … Gedankenverloren antworte ich:»Ja, ja, natürlich. Wir werden euch auf jeden Fall besuchen kommen. Danke für die Einladung, Frederik.«

Meine Mutter schiebt mir noch schnell einen Hundert-Euro-Schein zu und flüstert:»Der ist für die Kinder.«

Das ist auch wieder typisch für meine Mutter, immer steckt sie mir Geld zu, weil sie denkt, ich komme mit meiner Witwenrente nicht über die Runden. Aber sich dagegen zu wehren ist zwecklos! Meine Mutter ist darin sehr konsequent und wenn ich es nicht annehme, überweist sie mir eine größere Summe auf mein Konto.

Unangenehm berührt stecke ich den Schein weg und flüstere leise:»Danke, Mama.«

Lächelnd drückt sie meine Hand und fragt:»Wo sind Nele und Mattis eigentlich heute? Schade, dass Frederik sie nicht auch kennenlernen konnte.«

Meine Wangen werden rot und stotternd antworte ich:»Äh, ja wirklich schade, Nele und Mattis sind heute bei Freunden eingeladen. Aber Frederik wird sie ja bald auf seinem Gestüt kennenlernen.« Hm, ja, lügen war noch nie meine Stärke! Ich habe meine beiden Jüngsten heute zu Ina gebracht, um eine unangenehme Situation für sie zu vermeiden. Schließlich haben sie noch nie einen Mann an Omas Seite gesehen und ich konnte ja nicht wissen, dass Frederik von Putlitz ein wirklich netter und angenehmer Mensch ist.

»Ja, wirklich schade, Marie.« Mutter schaut mich durchdringend an und lächelt mir milde zu, als ob sie wüsste, dass ich nicht die Wahrheit gesagt habe. Woher haben Mütter immer diesen Instinkt, denke ich und lächle etwas beschämt zurück.

Frederik schaut meine Mutter zärtlich an und nimmt ihre

Hand. »Christine, ich möchte ja nicht drängen, aber wollen wir langsam gehen? Ich muss noch mal nach den Pferden sehen.«

Christine … den Namen meiner Mutter aus dem Mund eines fremden Mannes zu hören irritiert mich schon etwas, und ich versuche, so entspannt wie möglich zu klingen, als ich sage: »Oh, Mama, wenn ihr gehen müsst, will ich euch nicht länger aufhalten. Wir sehen uns ja bald wieder.« Langsam gehe ich auf meine Mutter zu und drücke sie herzlich.

»Ja, Frederik hat Turnierpferde und die müssen pünktlich versorgt werden«, erklärt mir meine Mutter, indem sie sich die Haare wieder zurechtrückt, die ich ihr anscheinend im Anflug meiner Zuneigung etwas zerzaust habe. Tja, so ist sie! Immer etwas auf Distanz. Selbst bei meinem geliebten Vater konnte sie ihre Gefühle nur schwer zeigen und hielt sich mit Liebkosungen zurück.

Andererseits ist sie immer sehr großzügig, loyal und zuverlässig gewesen und hätte gekämpft wie eine Löwin für ihre Familie.

»Nun dann, liebe Marie, vielen Dank für den leckeren Kuchen und ich hoffe, wir sehen uns bald wieder.« Frederik von Putlitz winkt mir am Arm meiner Mutter freundlich zu, als sie in den nagelneuen Mercedes steigen.

»Gib den Kleinen ein Küsschen von mir und sag ihnen, dass ich mich auf sie freue, Marie!«, ruft meine Mutter aus dem offenen Wagenfenster und formt ihre Lippen zu einem Kussmund.

»Fahrt vorsichtig, Mama. Bis bald!«, antworte ich nachdenklich und schließe langsam die Tür.

»Hallo, Marie, wie war der Nachmittag?«, fragt Ina wissbegierig am anderen Ende der Leitung, als ich gerade das Geschirr in die Spülmaschine räume.

»Hi, Ina, warte mal einen Moment«, antworte ich mit einer

Tasse in der Hand. »Kann ich dich zurückrufen oder bringst du die Kids gleich vorbei?«

Durch das Handy höre ich Kinderstimmen und meine Jüngste ruft: »Hallo, Mama, es war so cool bei Ina. Sie bringt uns jetzt wieder nach Hause!«

Na, dann scheint ja alles gut gelaufen zu sein, denke ich und antworte freudig: »Super, dann bis gleich!«

Keine halbe Stunde später sitzen Ina, Mattis und Nele am Esstisch in der Küche und die Kids erzählen aufgeregt, was sie am Nachmittag erlebt haben. Sie waren mit Ina im Streichelzoo und anschließend im Eiscafé *Napoli* einen Rieseneisbecher essen. Die Kinder freuen sich immer sehr, wenn Ina sie zum Kinobesuch oder Schwimmen abholt, und ich bin froh, wenn ich mal einen Nachmittag für mich habe.

»Vielen Dank, Ina«, sage ich, nachdem ich die Kinder ins Bett gebracht und wieder bei ihr in der Küche sitze.

»Keine Ursache, Mariechen, mach ich doch gerne, deine Kids sind bei mir immer herzlich willkommen!«, lacht sie mich an und schüttet sich noch einen Tee nach.

»Jetzt erzähle aber mal, wie war der Graf von Putlitz?!«, fragt sie und schaut mich mit großen Augen an.

»Tja, was soll ich sagen«, antworte ich und rücke meinen Stuhl zurecht. »Frederik ist ein sehr netter Mann, gutaussehend, gebildet und zwölf Jahre jünger als meine Mutter.«

Ina starrt mich mit offenem Mund an: »Wie? Du sprichst doch jetzt von dem neuen Freund deiner Mutter, oder täusche ich mich?«

Grinsend gebe ich zurück: »Nein, du täuschst dich nicht, Ina.«

Meine Freundin ist mittlerweile total aufgekratzt und verschluckt sich fast an ihrem Tee. »Deine Mutter! Im Ernst? Sie ist doch eher konservativ und spießig unterwegs ... Sorry, Marie, dass ich das sage, aber so kenne ich deine Mutter all die Jahre!«

Ja, so kenne ich meine Mutter auch, denke ich und schaue in den jetzt dunkel werdenden Garten.

»Hey, Marie, was ist denn, du schaust nicht gerade glücklich aus.« Ina schaut mich von der Seite an und gibt mir einen sanften Stupser.

»Ach, weißt du, ich gönne es meiner Mutter von Herzen, das sie so einen netten Mann kennengelernt hat«, antworte ich leise. »Aber es ist einfach ungewöhnlich, meine Mutter so verliebt mit einem fremden Mann zu sehen. All die Jahre war sie höchstens mit ihrer Freundin unterwegs.«

Ina nimmt mich liebevoll in den Arm und sagt verständnisvoll: »Ja, ich glaube, dass die Situation für dich etwas befremdend ist. Ich kann mir deine Mutter auch nicht so recht an der Seite eines anderen Mannes vorstellen, Marie. Aber wenn sie glücklich ist, müssen wir uns wohl daran gewöhnen.«

Jetzt erst merke ich, dass es mir einen Stich versetzt, meine Mutter in den Armen eines neuen Mannes zu sehen. Warum nur? Bin ich etwa eifersüchtig auf das Glück meiner Mutter? Schnell wische ich den Gedanken bei Seite und nicke zustimmend.

»Das Leben hält immer wieder Überraschungen für uns parat, Marie. Wer hätte das gedacht, dass deine Mutter noch einmal vor uns einen festen Partner findet?« Ina schaut mich schmunzelnd an und hebt ihre Tasse hoch. »Ein Prosit auf deine Mutter!«

Jetzt muss auch ich wieder grinsen und hebe meine Tasse Tee, um mit ihr anzustoßen. »Alles Liebe für Christine und Frederik!«

9. Kapitel

Zwei Wochen sind meine Mutter und ihr neuer Freund nun schon auf ihrer Kreuzfahrt im Mittelmeer und täglich bekomme ich neue Fotos auf meine E-Mail geschickt. Herrliche Sandstrände, tiefblaues Meer und meine lachende und glücklich aussehende Mutter auf allen Bildern. So entspannt habe ich sie in all den Ehejahren mit meinem Vater nicht gesehen. Da herrschte immer eine gewisse Distanz zwischen den beiden, und jetzt? Was hat dieser Mann nur gemacht, dass meine Mutter das Leben noch einmal richtig genießen kann? Ist sie vielleicht jetzt, im letzten Teil ihres Lebens, überhaupt erstmals richtig glücklich? Lächelnd schaue ich mir die Bilder etwas genauer an und entdecke im Hintergrund eines Fotos ... Nein, nein, das kann doch nicht wirklich sein! Blitzschnell vergrößere ich das Foto auf meinem Laptop. Das ist – mein Herz pocht in meinen Ohren, als ich mir den Mann im Hintergrund der Lobby des Hotel, in dem meine Mutter für eine Nacht eingecheckt hat, genauer ansehe. Gerrit! Das ist eindeutig Gerrit! Mit zitternden Fingern vergrößere ich das Bild noch einmal. Er ist es! In meinem Kopf schwirren die Gedanken durcheinander. Ich habe ihn gefunden! Aber wer ist die hübsche blonde Frau an seiner Seite? Aufgeregt versuche ich, das Foto noch genauer zu vergrößern. Die beiden lachen sich unbekümmert an und Gerrit hat die Hand um ihre Taille gelegt. Das ist also der Grund, warum er nicht in Holland ist! Zitternd nehme ich mein Handy und tippe auf Inas eingespeicherte Nummer. Meine Augen füllen sich mit Tränen und ich höre mich mit brüchiger Stimme sagen: »Hallo! Entschuldige, dass ich dich so spät noch störe, aber, aber ... könntest du vielleicht noch vorbeikommen?«

Kurz vor zwölf Uhr nachts sitzt Ina fassungslos neben mir am

Laptop und gemeinsam schauen wir uns das Foto mit Gerrit und seiner blonden Begleitung an.»So ein Zufall, sieh mal einer an, der saubere Herr van Stappen. Das darf doch wohl nicht wahr sein!«Aufgeregt gestikuliert sie mit ihren Händen einen Würgegriff.»Das hätte ich ihm nun wirklich nicht zugetraut, Marie! In was für einem Hotel ist die Aufnahme denn gemacht worden?«

Traurig schaue ich mir das Bild nochmals genauer an und antworte:»Sorry, da müsste ich meine Mutter fragen. Aber ganz ehrlich, Ina, ich habe überhaupt keine Lust zu erfahren wo und mit wem sich Gerrit van Stappen amüsiert.«

Meine Freundin schaut mich mit ihren großen Augen verständnisvoll an.»Da muss ich dir ausnahmsweise mal recht geben. Darauf hätte ich auch keine Lust. Vielleicht ist es echt besser, wenn du diesen Möchtegernmacho vergisst!« Langsam schließe ich meinen Laptop und gehe in die Küche, um eine Karaffe mit Orangensaft zu füllen.

Ina schaut mich immer noch ungläubig an, als ich zurückkomme und Saft in ihr Glas schütte.»Wahrscheinlich habe ich mir selbst etwas vorgemacht, Ina. Im Urlaub war alles so schön und du und Isolino seid ja auch glücklich. Trotz der Entfernung. Und« jetzt auch noch meine Mutter …«, sage ich mit tränenerstickter Stimme.

Ina nimmt meine Hände und schaut mich mitfühlend an.»Marie, das tut mir echt so leid für dich. Du bist eine tolle Frau und dieser Gerrit van Stappen hat dich nicht verdient. Das Universum hat einen anderen Plan für dein Leben, glaube mir.«

Jetzt kann ich die Tränen nicht mehr zurückhalten und schluchze laut in den Schoß meiner Freundin.»Oh, Ina … Ich bin so enttäuscht. Ich wollte es mir ja nicht eingestehen, aber ich habe mich wirklich in diesen Gerrit verliebt. Das erste Mal nach dem Tod von Daniel und deshalb tut es mir jetzt auch so weh …«

Zärtlich streicht Ina mir über das tränenüberströmte Gesicht.
»Es ist aber gut, dass du deine Gefühle wieder zeigen kannst,
Marie. Der richtige Zeitpunkt wird auch für dich kommen.«
Langsam beruhige ich mich wieder etwas und lächle Ina
dankbar an. Wer so eine tolle Freundin hat, braucht keinen
Mann, denke ich, als ich sie eine Stunde später zur Tür bringe.
Mit einem Schmunzeln sagt sie:»Versprich mir, nicht mehr zu
weinen, Marie, und wenn du wieder traurig wirst, denk daran,
wie du dem feinen Herrn van Stappen auf die Hose gekotzt
hast!« Lachend drückt sie mich fest an sich und jetzt muss auch
ich wieder lächeln ...

Langsam fallen die ersten Blätter von den Bäumen und die
Sonne geht jeden Tag früher unter. Der Herbst geht allmählich
in den Winter über. Seit der Kreuzfahrt meiner Mutter mit
Frederik sind auch schon wieder zwei Monate vergangen. Die
beiden sind wirklich ein Herz und eine Seele. Ich glaube, dass
ich meine Mutter nie glücklicher gesehen habe. Meine Kinder
verstehen sich auch ausgesprochen gut mit Frederik und Nele
durfte schon auf einem seiner Pferde reiten.
Nur Lotta zieht sich zurück und macht einen Bogen um
ihn. Heute möchte ich einmal mit ihr sprechen, wenn sie von
der Schule kommt. Da höre ich auch schon den Schlüssel in
der Tür. Meine Große kommt wie immer mit Schwung in die
Küche und wirft ihre Schultasche in die Ecke.
»Hey, Mama, was gibt es heute zum Mittag?« Schnell drückt
sie mir einen Kuss auf die Wange und holt sich ein Glas aus
dem Schrank. Den Topf in der Hand antworte ich grinsend:
»Hallo, Lotta, dein Lieblingsessen. Spaghetti bolognese.«
Mit einem strahlenden Lächeln stellt sie die Teller auf den
Esstisch und kann es kaum erwarten, dass ich die dampfende
Soße auf den Spaghetti verteile.
»Hm, lecker, Mama. Darauf habe ich mich schon die ganze

Woche gefreut«, sagt sie ein paar Minuten später, als wir gemeinsam am Esstisch sitzen. »Lass es dir schmecken und guten Appetit«, antworte ich lachend und drehe dabei die Spaghetti um die Gabel. So schnell wie heute hat sie noch nie ihren Teller leer und ich gebe ihr noch eine zweite Portion nach.

»Puh, Mama, jetzt bin ich aber satt!«, grinst sie mich an, nachdem sie auch diese Portion gegessen hat.

Rowdy sitzt neben dem Esstisch und sieht mich mit seinem treuen Hundeblick fragend an. »Du bekommst auch noch was ab«, lache ich und gebe ihm den Rest aus dem Topf. Er hat sein Hundefutter in seinem Napf, aber ab und zu bekommt er etwas vom Tisch, auch wenn das laut Hundetrainer keine gute Idee ist. Wir Menschen mögen auch nicht immer das Gleiche, denke ich und streichle sein glänzendes Fell.

»Also, Lotta, wenn du jetzt satt und zufrieden bist, möchte ich gerne mit dir reden.«

Meine Tochter reißt die Augen auf. »Was ist los, Mama. Über was willst du mit mir reden? Ich habe schon lange nicht mehr die Schule geschwänzt, außerdem habe ich letzte Woche nur eine Zigarette geraucht. Großes Indianerehrenwort und mein Taschengeld habe ich sogar gespart!«

Grinsend sitze ich ihr gegenüber und antworte mit fragendem Blick: »Ah, geraucht hast du auch? Das wollte ich eigentlich gar nicht mit dir besprechen, aber gut, dass du es mir jetzt mal gesagt hast.«

Lotta schaut mich mit großen Augen an und stottert: »Äh, ja, Mama. Sorry, aber ich dachte, du wüsstest es schon von Oma.« So erfährt man noch einiges über seine Kinder, denke ich und mit einem Schmunzeln antworte ich: »Nein, ich habe es nicht von Oma erfahren, allerdings jetzt höchstpersönlich von dir.« Lottas Gesicht färbt sich puterrot und ich kann ihre Verunsicherung spüren.

»Ach, Kind, die Wahrheit kommt immer irgendwie ans Licht, aber das ist jetzt auch nicht das Problem, über das ich mit dir reden möchte«, sage ich und nehme ihre Hand. Meine Älteste entspannt sich langsam wieder und ich sehe in zwei fragende Augenpaare:»Okay, aber über was möchtest du dann mit mir reden, Mama?« Lotta hat sehr viel von Daniel, denke ich, denselben Blick und die vollen Lippen, das Ebenbild ihres Vaters. Er konnte auch so herzlich über irgendeinen Blödsinn lachen und gleichzeitig tiefgründige Gespräche führen.

»Mama, hallo!«, holt meine Tochter mich wieder aus meinen Gedanken.»Wolltest du nicht mit mir reden?«

»Sorry, ja natürlich«, antworte ich und wische meine Gedanken weg.

»Also, es ist wegen Oma«, fange ich an, doch Ina unterbricht mich sofort.

»Ach, wegen Oma? Was ist denn das Problem mit ihr?« Unruhig rutscht sie auf ihrem Stuhl hin und her und weicht meinem Blick aus.

»Mit Oma habe ich kein Problem, aber ich habe das Gefühl, dass du ein Problem mit Oma hast beziehungsweise mit Frederik«, frage ich sie ruhig und versuche ihr in die Augen zu schauen.

»Ach, mit Oma hatte ich schon immer etwas Schwierigkeiten, das weißt du ja, aber seit sie diesen Typen hat, kann ich überhaupt nicht mehr mit ihr«, antwortet sie mit hochgezogenen Augenbrauen, was bei ihr immer ein ungutes Zeichen ist.

»Hallo, Lotta, bitte! Dieser Typ, wie du ihn nennst, ist Omas neuer Lebensgefährte und vielleicht solltest du etwas respektvoller über ihn reden«, sage ich so unaufgeregt wie möglich, um die Stimmung nicht noch mehr aufzuheizen.

»Okay, sorry, aber dieser Frederik ist doch für Oma viel zu jung! Was will er denn von einer Frau, die zwölf Jahre älter ist als er. Meiner Meinung nach gehört er in die Kategorie

Heiratsschwindler und will an Omas Kohle ran. Das sagen im Übrigen auch meine Freunde!«, antwortet sie empört und ich sehe das Flackern in ihren Augen, das sie immer dann hat, wenn sie mit Leib und Seele für oder gegen etwas ist.

»Aha, deshalb hast du dich auch die letzte Zeit so zurückgezogen. Oma fragt schon ständig, wann du sie mal wieder besuchen kommst«, entgegne ich und streiche ihr behutsam über den Arm. »Lotta, du glaubst doch nicht im Ernst, was du gerade gesagt hast? Frederik, ein Heiratsschwindler? Ich glaube, er braucht Omas Rente nicht, wenn du mal auf seinem Gestüt gewesen wärst, würdest du mir beipflichten!«

Ihre Augen blitzen immer noch aufgeregt, als sie antwortet: »Genau! Pferdegestüt und so weiter, das sind die Schlimmsten! Nach außen hin protzen, aber nix dahinter!« Jetzt ist sie richtig in Fahrt, und ich bemühe mich, so ruhig wie möglich zu bleiben. Lotta hatte schon immer einen ausgeprägten Gerechtigkeitssinn und versucht alle um sie herum zu beschützen. »Vielleicht sollten wir mal bei dem feinen Herrn von Putlitz genauer hinschauen, Mama.«

Jetzt werde ich doch etwas unruhig und frage nach: »Wie kommst du denn darauf, Lotta? Das ist ja schon eine direkte Anschuldigung. Schließlich hat er Oma auch die Kreuzfahrt bezahlt.«

Jetzt hält sie nichts mehr auf ihrem Stuhl und sie läuft aufgeregt auf und ab. »Meine Freunde und ich haben ihn mal gegoogelt und was wir da so über ihn rausgefunden haben, wird dir und Oma bestimmt nicht gefallen«, sagt sie nervös und schaut mich dabei provozierend an.

Langsam wird mir mulmig bei dem Gedanken, dass meine Mutter vielleicht doch einem Heiratsschwindler auf den Leim gegangen ist. Aber, das kann doch nicht sein, versuche ich mich zu beruhigen. Frederik von Putlitz hat uns doch sein Gestüt gezeigt, allerdings habe ich mich schon gefragt, warum er fast alles alleine macht. Die Pferde versorgen, den großen Garten und selbst im Haus hat er keine Putzhilfe. Als ich ihn darauf angesprochen habe, meinte er scherzhaft:»Ach, die würden es mir eh nicht gut genug machen.«

Mir wird übel bei dem Gedanken, das …

Lotta setzt sich wieder zu mir und hält liebevoll meine Hand.

»Mama, ich möchte doch nur, dass Oma nicht enttäuscht wird. Vielleicht entspricht es auch nicht der Wahrheit, aber im Internet ist zu lesen, dass Herr von Putlitz wohl größere finanzielle Schwierigkeiten hatte. Nach seiner Scheidung vor fünf Jahren musste ihn seine Ex-Frau wohl ziemlich über den Tisch gezogen haben. Er versucht, mit aller Kraft sein Gestüt zu behalten«, führt sie die Geschichte weiter aus. Ich spüre, wie langsam die Farbe aus meinem Gesicht weicht und die Beine unter mir wegsacken. Gott sei Dank sitze ich auf meinem Stuhl. Das ist ja eine Neuigkeit! Meine arme Mutter, kommt es mir in den Sinn.

»Wenn das wahr sein sollte, muss ich sofort mit ihr reden und sie vor diesem dubiosen Grafen warnen, Lotta. Vielen Dank für deinen Hinweis und ich dachte schon, du würdest Oma ihre neue Liebe missgönnen.«

Meine Tochter schaut mich entrüstet an und meint ärgerlich:»Also, Mama, wie konntest du das nur von mir denken? Ich gönne Oma von Herzen ihr Glück und fand es echt cool, dass sie endlich einmal auf alle Konventionen pfeift und sich nicht um das Gerede ihrer Altersgenossinnen schert!« Liebevoll schaue ich meine Älteste an und lege meinen Arm um sie. »Entschuldigung, dass ich so etwas überhaupt von dir denken konnte. Ich weiß ja, dass du Oma trotz aller Schwierigkeiten, die ihr manchmal miteinander habt, liebst und ihr nur das Beste wünschst.« Lotta schmiegt sich zärtlich an mich und antwortet leise:»Ja, Mama, ich liebe Oma und möchte nicht, dass sie enttäuscht wird.«

Meine Gedanken schwirren im Kreis und ich versuche, mich

selbst zu beruhigen, indem ich sage:»Na, vielleicht ist alles gar nicht so schlimm, wie wir annehmen. Aber natürlich werde ich Frederik ab jetzt genau beobachten.«

Puh, alle Kids im Bett! Es ist schon zweiundzwanzig Uhr und ich sitze mit meiner Tasse Orangentee auf meinem gemütlichen Sofa im Wohnzimmer. Draußen fängt es an zu regnen, und ich kuschele mich in meine hellblaue Decke, die ich von Ina zu meinem vierzigsten Geburtstag bekommen habe.»Weil du immer kalte Füße hast!«, hat Ina damals gesagt.

Ina, kommt es mir in den Sinn. Ob ich ihr von Oma und ihrem dubiosen Grafen von Putlitz erzählen soll? Unkonzentriert schalte ich den Fernseher ein, um mich etwas abzulenken. Das Traumschiff segelt über den Bildschirm, herrliche Palmen und türkisblaues Meer bestimmen die Kulisse. Eine Mittelmeerkreuzfahrt ist heute Thema des Filmes. Auch das noch, denke ich laut und schalte den Fernseher aus. Mein Bedarf an Italien und Mittelmeerkreuzfahrten ist gedeckt!

Ach, Gerrit, noch immer muss ich an ihn denken und an unsere gemeinsame Zeit am Meer. Es ist nun schon fast ein halbes Jahr vergangen und ich denke noch oft an ihn. Jetzt fällt mir das Foto wieder ein, auf dem er mit der unbekannten blonden Frau so glücklich wirkte. Warum geht er mir einfach nicht aus dem Kopf? Eigentlich ist nichts passiert zwischen uns außer ... Zärtlich denke ich an die sinnlichen Küsse am Strand und an die Schmetterlinge in meinem Bauch. Nein, nein, Marie! Dieser Mann ist vergeben, vergiss ihn endlich!, sage ich streng zu mir und trinke den heißen Tee in einem Zug, dass ich mir fast die Zunge verbrenne. Außerdem habe ich jetzt auch noch ein wichtigeres Problem, was gelöst werden will. Graf Frederik von Putlitz! Den ganzen Tag dachte ich über ihn und die Beziehung zu meiner Mutter nach. Stimmt es wirklich, was Lotta über ihn herausgefunden hat? Das wäre eine

Katastrophe für ihre junge Beziehung. Sie schwärmt in den höchsten Tönen von Frederik und blüht an seiner Seite richtig auf. Darf ich ihr das Glück mit meiner Vermutung zerstören? Andererseits, wenn es wirklich die Wahrheit ist, muss ich sie doch über ihn aufklären. Das ist meine Pflicht als Tochter gegenüber meiner Mutter!

10. Kapitel

In der folgenden Nacht schlafe ich unruhig und wälze mich von einer Seite des Bettes auf die andere. Ein unheimlicher Traum lässt mich schließlich hochschrecken. Ich sehe meine Mutter mit Frederik an der Reling eines Schiffes stehen. Er nimmt sie erst zärtlich in den Arm, küsst sie leidenschaftlich und versucht dann, sie über Bord zu stoßen ...
Schweißgebadet wachte ich gegen fünf Uhr morgens auf. Oh mein Gott!, denke ich und meine Hände zittern noch immer; als ich einige Minuten später in meiner Küche am Tisch sitze und mir zur Beruhigung ein Glas Wasser eingieße. Einige Tage sind mittlerweile schon vergangen seit dem Gespräch mit Lotta. Bis jetzt habe ich geschwiegen und selbst Ina nichts von meinen Befürchtungen erzählt. Aber was, wenn es stimmt und Frederik wirklich nur des Geldes wegen bei meiner Mutter bleibt? Schließlich hat sie doch eine beachtliche Pension von meinem Vater und ihr Haus ist auch bezahlt. Außerdem hat sie noch ein Sparkonto mit einer größeren Summe. Sie hatte mit mir einmal darüber geredet, falls ihr etwas passieren sollte ...
Langsam klappe ich den Laptop auf, an Schlaf ist jetzt ohnehin nicht mehr zu denken. »Frederik Graf von Putlitz« gebe ich in die Suchleiste ein und schon sehe ich einige Bilder von seinem Reitgestüt, seinen Pferden und seinem schmucken Anwesen. Ah, da! Bilder von ihm und einer eleganten, dunkelhaarigen Schönheit. Das muss wohl seine Ex-Frau sein, denke ich und scrolle weiter nach unten. *Frederik Graf von Putlitz und Angelina von Putlitz. Schmutzige Scheidung und Streit um Geld und Gestüt!*, lese ich da mit offenem Mund und rutsche aufgeregt auf meinem Stuhl hin und her. Hier steht es schwarz auf weiß, Lotta hat recht! Oh nein, meine arme Mutter, geht es mir immer wieder durch den Kopf. Was soll ich jetzt nur

tun? Heute noch werde ich mit ihr reden und ihr schonend beibringen, dass dieser feine Herr von und zu Putlitz ein gewaltiges Schlitzohr ist!

»Hallo, Mama, wie geht es dir?«, frage ich einige Stunden später und versuche, so ruhig wie möglich am Handy zu klingen. Meine Mutter flötet durch die Leitung:»Hallöchen, Marie, schön, dass du anrufst. Mir geht es sehr gut. Und bei dir und den Kindern auch alles in Ordnung?« Ruhe bewahren und ruhig ein- und ausatmen, jetzt kannst du mal anwenden, was du vor Jahren im Yogakurs gelernt hast, Marie, sage ich zu mir und antworte mit gekünsteltem lachen:»Oh, danke, auch alles gut. Alles bestens bei uns. Und bei dir? Äh, ich meine natürlich bei euch.« Ein Rauschen geht durch die Leitung und die Verbindung ist weg.»Hallo, Maamaa …!«, rufe ich in den Hörer und drücke mit zittrigen Fingern noch einmal ihre Handynummer. Ihre Festnetznummer hatte ich zuvor schon gewählt, aber es kam nur ihre Stimme auf dem Anrufbeantworter.»Hallo, hier ist Christine Widmark. Ich bin momentan nicht erreichbar, bitte hinterlassen Sie eine Nachricht nach dem Piepton …«

Keine Verbindung möglich! Das darf doch wohl nicht wahr sein! Langsam werde ich nervös und meine Hände fangen an zu zittern. Noch einmal wähle ich ihre Handynummer. Gott sei Dank, der Ruf geht durch und ich höre meine Mutter sagen:»Hallo, Marie, wir wurden gerade unterbrochen. Hörst du mich?«

»Ja, ja, alles in Ordnung. Ich wollte dich eigentlich nur für heute Nachmittag zum Kaffee einladen. Lotta kommt auch und hat einen leckeren Kuchen gebacken«, antworte ich aufgeregt und schiebe hinterher:»Wir wollten mal wieder eine Art Frauenklatsch machen. Also ohne Männer. Ina kommt auch.«

Einige Sekunden später höre ich sie sagen:»Oh, das tut mir

aber jetzt leid, Marie. Ich bin nicht zu Hause. Frederik und ich sind auf dem Weg nach München zu einer Pferdeschau. Wir werden über Nacht bleiben. Frederik hat mich eingeladen in den *Bayerischen Hof*. Ich freue mich schon riesig, Marie. Aber danke für die Einladung, wir holen das mit dem Frauenklatsch sicher bald nach und Grüße alle ganz lieb von mir. Ich melde mich, wenn ich wieder zu Hause bin.« Klick, weg ist sie. München, Pferdeschau, Übernachtung im *Bayerischen Hof*? Unter anderen Umständen würde ich mich für meine Mutter freuen. München war immer ihre Lieblingsstadt! Aber, wer bezahlt den kleinen Abstecher in die bayerische Metropole? Frederik Graf von Putlitz hat wohl nicht die geeigneten Mittel, denke ich aufgeregt.

»Also, Marie. Jetzt beruhige dich erst einmal«, rät mir meine Freundin, als sie am Nachmittag nach meinem Hilfeanruf in meiner Küche sitzt und ich ihr alles erzählt habe. »Ich kann es ja immer noch nicht glauben, Ina. Frederik hat so einen soliden und netten Eindruck auf mich gemacht. Ich habe mich sehr für meine Mutter gefreut und jetzt muss ich ihr reinen Wein einschenken. Ich kann sie doch nicht in ihr Unglück laufen lassen!« Entrüstet schaue ich sie an und meine Augen füllen sich mit Tränen. »Weißt du, ich hatte wirklich das Gefühl, dass sie endlich einmal richtig glücklich ist mit ihrem Leben. Wenn ich mich zurückerinnere, habe ich sie und meinen Vater nie so unbeschwert gesehen. Versteh mich bitte nicht falsch, ich liebte meinen Vater von ganzem Herzen, aber er war auch sehr konservativ und oftmals schwierig in seinen Ansichten. Vielleicht hat sich meine Mutter ihm ihr ganzes Leben angepasst und holt jetzt nach, was sie versäumt hat.«

Nachdenklich nimmt Ina mich in den Arm und sagt tröstend: »Ja, damit könntest du recht haben. Vielleicht ist deine Mutter gerade jetzt glücklicher denn je. Aber was willst du nun tun? Dieser Graf von Putlitz hat sich wohl in das Herz deiner Mutter geschlichen und du kannst sie nur mit offenen Karten überzeugen.« Mitfühlend reicht sie mir ein Taschentuch und ich schnäuze kräftig hinein, bevor ich ihr niedergeschlagen antworte:»Ich möchte ihr nicht weh tun, aber ich kann doch auch die Tatsachen nicht verleugnen. Wer weiß was, dieser Frederik noch alles auf dem Kerbholz hat. Aber jetzt ist sie mit ihm unterwegs und kommt voraussichtlich erst morgen Abend wieder zurück.«

Ina geht zur Kaffeemaschine und macht uns einen doppelten Espresso, der heiße Kaffee läuft in die Tassen als Sie mir ruhig entgegnet:»Marie, jetzt erst mal Luft holen und beruhigen. Du kannst jetzt sowieso nichts tun. Abwarten heißt die Devise der Stunde. Wenn sie dann wieder zu Hause ist, rede so schnell als möglich mit ihr, okay?« Sie kommt zurück und stellt die heißen Tassen auf den Tisch.

Der Kaffee tut gut und ich beruhige mich etwas.»Danke, Ina, ich werde versuchen meine Gedanken auf positivere Dinge zu lenken. Wie geht es eigentlich mit dir und Isolino? Wollte er nicht über Weihnachten zu dir kommen?«, frage ich sie und lächele ihr zu. Ihr strahlendes Gesicht verrät mir, dass ich mit meiner Vermutung recht habe.»Oh, Marie, ich freue mich so auf ihn. Die letzten Monate waren echt grausam. Ich wusste ja, dass eine Fernbeziehung kein Zuckerschlecken ist, aber es ist wirklich kaum auszuhalten. Bis auf die ein bis zwei Mal habe ich ihn seit unserem Sommerurlaub nicht mehr gesehen! Aber wir skypen jeden Tag und telefonieren, sooft es geht. Weihnachten und Silvester fliege ich zu ihm nach Italien.« Lächelnd trinkt sie ihren Espresso aus und schaut mich mit ihren blauen Augen strahlend an. Ich freue mich, sie so glücklich verliebt zu sehen, und grinse ihr zu.»Toll, dass ihr euch bald wiederseht. Ich gönne es dir von Herzen, Ina. Ach ja, Italien, herrlich! Da werden Erinnerungen wach.«

Gerrit, da ist er wieder, der Gedanke an ihn lässt mich einfach nicht vergessen. Warum spukt dieser Mann immer noch in meinem Kopf herum?

Ina schaut mich nachdenklich an und als ob sie meine Gedanken lesen könnte, fragt sie:»Hey, Marie, denkst du immer noch an ihn?«

Jäh werde ich aus meinen Gedanken gerissen und schaue sie nachdenklich an. Leugnen ist zwecklos, wenn Ina diesen durchdringenden Blick hat, also muss ich wohl mit der Wahrheit herausrücken. Umständlich stelle ich die Tasse auf den Tisch und antworte zögernd:»Na ja, es ist so, ich meine … Ach, Ina, verdammt, dir kann ich eh nichts vorspielen. Ja, ich denke noch viel zu oft an Gerrit und würde zu gerne wissen, wie es ihm geht und was er jetzt macht.«

Meine Freundin schaut mich liebevoll an und antwortet:»Ich kann dich gut verstehen, schließlich hast du seit unserem Italienurlaub nichts mehr von ihm gehört, bis auf das mysteriöse Foto. Wenn es dich so beschäftigt, dann ist die Sache auch noch nicht ausgestanden. Glaube mir, das sagt mir meine weibliche Intuition!«

Langsam stelle ich die Tassen zusammen und schaue aus dem Fenster in den Garten, in dem die Spätherbstsonne langsam hinter den Bäumen versinkt. Was lässt mich immer noch so oft an ihn denken? Diese Frage stelle ich mir nun schon seit fast einem halben Jahr.»Marie, vielleicht solltest du noch ein letztes Mal versuchen, mit ihm Kontakt aufzunehmen. Dann erfährst du eventuell, warum er sich nicht mehr gemeldet hat. Ich würde nicht aufgeben, bis ich genau wüsste, was los ist!«, ereifert sich Ina und ihre blauen Augen blitzen aufgeregt.

Ach, Ina, denke ich und schaue sie niedergeschlagen an. »Hätte ich nur ein kleines bisschen mehr Mut so wie du …«, sage ich leise und merke, wie sich die Tränen Bahn brechen. Meine Freundin war schon immer selbstbewusster und optimistischer als ich. Mit siebzehn Jahren ist sie für ein Jahr als *Aupair* nach Paris gegangen. Ina konnte gerade ein paar Wörter Französisch, als sie in die Stadt der Liebe zog und nach zwölf Monaten und einer Liaison mit einem französischen Studenten mit einem akzentfreien Französisch zurückkehrte. Die erste große Liebe zerbrach, wie auch die nächste Beziehung mit einem englischen Investmentbanker, der »vergessen« hatte, dass noch eine Frau und drei kleine Kinder in England auf ihn warteten. Es folgte noch die eine oder andere Liebelei, aber *Mister Right* war leider nie dabei. Die letzte feste Beziehung liegt nun auch schon einige Jahre zurück und Ina musste auch da wieder ihre große Liebe loslassen. Wie sie es dennoch immer wieder schafft, so positiv und optimistisch in die Zukunft zu schauen, ist mir ein Rätsel. Ich bewundere sie heimlich dafür, dass sie sich nicht unterkriegen lässt und bei jedem Mann wieder an die ganz große Liebe glaubt. Ich wünsche ihr von ganzem Herzen, dass sie mit ihrem Isolino endlich ihr Glück gefunden hat!

Mitfühlend nimmt sie mich in den Arm und schaut mich aufmunternd an. »Marie, jetzt lass den Kopf nicht hängen! Ich weiß, dass dich die Situation mit deiner Mutter jetzt belastet, aber du bist schließlich auch noch da. Aber das habe ich dir ja schon so oft gepredigt, dass es mir langsam schon selbst aus den Ohren kommt!« Grinsend stupst sie mich in die Seite und schlürft ihren letzten Schluck Espresso aus der Tasse. »Schreib ihn doch noch einmal auf seiner Webseite an oder rufe die Nummer an, die dort angegeben ist! Nur Mut, Marie.«

Vielleicht sollte ich das wirklich tun, um endlich die Sache zu Ende zu bringen, denke ich und lächele. »Danke, Ina, dass du immer für mich da bist und dir mein Gejammer anhörst. Ich weiß, dass ich oft sehr nervig sein kann mit meiner Mitleidstour. Was würde ich nur ohne dich tun. Du bist echt die Beste!« Fest drücke ich meine Freundin an mich und fühle mich schon viel besser.

Ina hat mir noch einmal ins Gewissen geredet, bevor sie vor drei Stunden und einigen Tassen Kaffee gefahren ist. Heute oder nie, denke ich und setze mich an meinen Laptop. Die Kids waren heute wieder ausnahmslos anstrengend. Oder liegt es vielleicht auch an mir? In letzter Zeit fühle ich mich nur noch überfordert. Lotta ist mit ihren fast fünfzehn Jahren voll in der Pubertät angekommen und gibt mir patzige Antworten, wenn ich sie nur nach dem Wetter frage. Mattis will nicht mehr zur Schule, weil alle, außer seinem Sportlehrer, uncool und langweilig sind. Oh Gott! Ist das vielleicht auch schon die Vorpubertät? Schließlich wird er auch bald elf Jahre. Nele, das Nesthäkchen der Familie, ist momentan noch am unkompliziertesten. Und dann die Sorge um meine Mutter. Langsam wächst mir alles über den Kopf! Ich ertappe mich immer öfter bei dem Gedanken, alles hinter mir zu lassen …

Vielleicht sollte ich wirklich einmal nur an mich denken und mir eine Auszeit nehmen! Wie wäre es mit Nordholland? Ina hatte mir angeboten bei Bedarf auf meine Bande aufzupassen. Nur ein oder zwei Nächte. Ach, wovon träume ich denn schon wieder?, ermahne ich mich selbst. Gerrit hat unseren kleinen Flirt wahrscheinlich schon längst vergessen. Aber dennoch Ina hat recht, wenn ich die Sache nicht zu Ende bringe, werde ich wahrscheinlich mein ganzes Leben darüber grübeln. Schnell öffne ich meinen Laptop und gebe in der Suchleiste seinen Namen ein. Wieder sehe ich die Webseite der Surfschule in Westerland. *Hendrik ten Belt, Inhaber und Surflehrer,* lese ich da und suche aufgeregt Gerrits Namen. Merkwürdig! Warum steht dieser Hendrik nur noch als alleiniger Inhaber auf der Internetseite der Surfschule? So ein Mist! Irgendetwas muss wohl in der Zwischenzeit vorgefallen sein. Aber was? Noch einmal schreibe ich mit zittrigen Händen eine Mail.

Hallo und guten Tag, gerne würde ich eine Surfstunde bei Gerrit van Stappen buchen. Es wäre nett, wenn Sie mir zeitnah mit-

teilen würden, wann es bei ihm möglich wäre. Met vriendelijke groeten uit Duitsland, Marie Kramer. Senden! Puh, ich habe es tatsächlich getan! Ina wird stolz auf mich sein, grinse ich in mich hinein. Mehr kann ich jetzt nicht tun und wie sagt Ina immer so schön? »Jetzt musst du abwarten und Tee trinken!«

11. Kapitel

Hallo, Mama. Schön, von dir zu hören. Bist du wieder daheim? Wie war es in München?«, frage ich aufgeregt, als meine Mutter mich einen Tag später zu Hause anruft. Allerdings ist es ihre Handynummer, die ich auf meinem Display erkenne und nicht ihr Festnetzanschluss! Oje ... kombiniere ... sie ist noch NICHT zu Hause! Sofort wird mir heiß und kalt und ich spüre die Panik in mir aufsteigen.

»Hallöchen, mein Kind!«, flötet meine Mutter entspannt durch die Leitung. »München war sehr interessant, es gab so viel zu sehen und diese Pferdeschau, ein Genuss! Das nächste Mal kommt ihr einfach mit. Vor allem für Nele wäre das ein Highlight mit den tollen Pferden.«

Gott sei Dank! Es geht ihr gut, versuche ich mich selbst zu beruhigen und frage übertrieben ruhig:»Ach, ja, schön für euch. Wann kommt ihr denn zurück oder seid ihr schon auf der Rückfahrt?«

Im Hintergrund höre ich das Rauschen eines Gewässers, als sie mir aufgeregt antwortet:»Wir sind noch nicht nach Hause gefahren. Frederik wollte mir noch etwas die Gegend zeigen. Hier in der Nähe ist er nämlich geboren. Zwischen Starnberger See und Ammersee. Es ist einfach herrlich. Wahrscheinlich kommen wir am Wochenende wieder zurück!«

Was, erst am Wochenende? Heute ist Dienstag!, denke ich und kann meine Aufregung kaum noch verbergen. »Äh, Mama«, stottere ich in mein Handy.»Ich müsste dringend mit dir reden, kannst du nicht vielleicht doch etwas früher nach Hause kommen?«

Einige Sekunden ist Stille am anderen Ende der Leitung. »Hallo, Mama?«, rufe ich durch das Handy. Hoffentlich ist die Verbindung nicht wieder weg, denke ich panisch, als sie mir nervös antwortet:»Also, Marie! Was ist denn los mit dir? Ist etwas mit den Kindern? Ist jemand krank oder dein Hund gestorben?«

Mittlerweile komme ich mir wirklich wie ein Spitzel meiner Mutter vor und antworte etwas ruhiger:»Nein, nein, alles gesund und munter! Mach dir keine Sorgen!«

»Ja, aber warum sollte ich denn früher nach Hause kommen? Du hast doch gerade gesagt, alles ist in Ordnung. Ich verstehe nicht, Marie?« Langsam wirkt sie ärgerlich und ich versuche, sie zu beruhigen, indem ich wenig überzeugend antworte:»Na ja. Ich vermisse dich einfach, Mama, und die Kinder auch.«

Ein helles Lachen schallt an mein Ohr.»Also, Marie! Du hast mich noch nie gebeten, früher nach Hause zu kommen, weil ihr mich vermisst. Entschuldigung, dass ich darüber lachen muss. Wem verdanke ich die Sinneswandlung?«

Deinem»sauberen Grafen«, denke ich und muss meine Erregung verbergen. Es nutzt nichts, meine Mutter kommt erst am Wochenende wieder und so lange muss ich nun noch mit meiner Hiobsbotschaft warten!

»Ja dann, macht euch noch ein paar schöne Tage und melde dich bitte, wenn du wieder zu Hause bist«, entgegne ich ihr zähneknirschend und warte ihre Antwort nicht mehr ab. Starnberger See, Ammersee? Ganz ohne Frage eine wunderschöne Gegend und insgeheim träume ich auch davon, mit meinem Herzenspartner diese herrlichen Orte zu erkunden. Aber doch nicht Mutter mit diesem Frederik von Putlitz! Wahrscheinlich hat sie schon ihr ganzes Konto leergeräumt, um diesen»feinen Herrn« zu unterstützen! Oh Mutter! Wenn du wüsstest!, denke ich und ärgere mich, dass meine Mutter in ihrem Alter auf so einen Hochstapler reinfallen konnte. Sie ist doch immer so eine besonnene und äußerst überlegte Person gewesen. Irgendwie erkenne ich meine Mutter nicht wieder!

»Mama, komm bitte mal schnell zu mir!«, höre ich meine

Jüngste rufen und renne die Treppe in ihr Kinderzimmer. Nele sitzt mit unserem Hund in ihrem Bett und hat ihm mit ihren Haarspangen Zöpfe gebunden. Sie strahlt mich mit leuchtenden Augen an und drückt Rowdy fest an sich.

»Mama, sieht Rowdy nicht süß aus? Du musst unbedingt ein Foto von ihm machen und dann stellen wir es ins Internet!« Entgeistert schaue ich zwischen ihr und unserem Appenzeller hin und her. Wie ist sie denn auf diese Schnapsidee gekommen?, will ich wissen.

Nele grinst mich immer noch aufgeregt an. »Lotta sagt, damit kann man Geld verdienen. Das nennt man *Influencia*, Mama! Und wenn ich genug Geld verdient habe, kaufe ich mir ein Pferd, wie Frederik!«

Jetzt muss auch ich grinsen, denn Rowdy sieht einfach zu komisch aus mit seinen braunen, treuen Augen und den bunten Haarspangen im Fell.

»Oh, Nele, du kommst auf Ideen!«, sage ich lachend und nehme sie liebevoll in den Arm.

»Frederik hat mir erzählt, dass er mit Oma auf eine Pferdeschau fährt und dass ich nächstes Jahr auch mitkommen darf. Er ist echt cool, Mama!« Mit rotglühenden Wangen sieht sie mich aufgeregt an und zieht eine süße Schnute.

Rowdy hat sich mittlerweile seiner Haarspangen entledigt und wälzt sich auf dem runden Teppich vor Neles Bett. Ich denke, seine Internetkarriere ist somit schon beendet, ehe sie angefangen hat.

Lächelnd sage ich zu ihr: »Nele, ich glaube, darüber müssen wir noch einmal später reden.«

Oje, denke ich ärgerlich. Jetzt hat dieser Frederik von Putlitz auch schon meine jüngste Tochter um den Finger gewickelt! Er macht ja auch wirklich einen sehr netten Eindruck. Wenn ich es nicht besser wüsste, wäre ich ihm auch fast auf den Leim gegangen.

Also kann ich Nele keinen Vorwurf machen, dass sie diesen Frederik »cool« findet. Nur muss mir bald etwas einfallen, dass ich ihm seine Tour gründlich vermassele! Fragt sich nur, wie ich das anstellen soll! Ich hoffe, dass ich meine Mutter am Wochenende unter vier Augen sprechen kann. Ich werde ihr schonend, aber bestimmt beibringen, dass sie doch besser die Finger von ihm lassen soll. Sie ist eine gebildete und seriöse Frau und wenn sie erfährt, mit wem sie es zu tun hat, wird sie ganz bestimmt die Sache beenden! Da bin ich mir ziemlich sicher …

Die Woche neigt sich dem Ende zu und ich fiebere der Aussprache mit meiner Mutter entgegen.

Sie hat mir noch etliche Fotos von den wunderschönen Seen geschickt, mit dem Zusatz, wie glücklich sie doch sei und dass ihr Leben wieder lebenswert ist!

Warum muss meine Mutter sich aber auch ausgerechnet in diesen Frederik verlieben?, denke ich und klappe meinen Laptop auf. Bling! Mehrere neue Nachrichten werden in meinem E-Mail-Posteingang angezeigt. Werbung von verschiedenen Fernschulen und natürlich Empfehlungen von Onlinehändlern.

Außerdem hat Ina mir einen Link zu einer interessanten Koch- und Back-App geschickt. Die wollte ich schon die ganze Zeit einmal gründlich studieren. Es wäre sicher gut, wenn ich ein paar neue Rezepte ausprobieren würde. Mal ehrlich, mit meiner Koch- und Backkunst war es noch nie besonders weit her.

Meine Mutter hat schon in meiner Jugendzeit verzweifelt versucht, mich in die Kunst des Kochens einzuführen. Leider nur mit mäßigem Erfolg. Wie sagte sie immer zu mir?

»Marie, zum Überleben deiner Familie reicht es so eben.«

Dass sie damit recht behalten hat, macht die Sache für mich

auch nicht einfacher. Ich bin schon froh, dass ich meine Kinder mit meinen Kochkünsten bis dato immer noch einigermaßen überzeugen konnte. Spaghetti bolognese und mein Nudelauflauf mit frischen Tomaten ist der Hit bei meinen Kids. Daniel, denke ich und sehe meinen verstorbenen Mann lachend in unserer Küche stehen und seine legendäre selbstgemachte Pizza Calzone zubereiten. Er konnte so leckere Essen auf den Tisch zaubern, dass ich oft neben ihm in der Küche stand und dachte: Wie kann ein Mann nur so gut aussehen, liebevoll sein und auch noch perfekt kochen?

Die Gedanken schweifen zu unserem ersten gemeinsamen Abend, an dem ich ihn in meine kleine Wohnung eingeladen hatte. Was sollte ich nur kochen? Natürlich wollte ich einen besonders guten Eindruck auf ihn machen und suchte mir einen komplizierten Braten mit feiner Sahnesoße aus, der eine Stunde später total verbrannt und versalzen aus dem Ofen kam. Die peinliche Situation werde ich nie vergessen! Mein Gesicht glich einer überreifen Tomate, als ich den verkrusteten Braten aus dem Ofen holte. Zärtlich knabberte Daniel an meinem Ohr und als er mich in seine Arme nahm, sagte er liebevoll grinsend: »Der Krustenbraten hat eine wirklich pikante Kruste.« Ach, Daniel – du fehlst mir so!, denke ich und wische mir eine Träne aus dem Auge. Das Leben ist nicht fair und die Einsamkeit, besonders am Abend, wenn die Kinder im Bett sind, überfällt mich immer öfter in letzter Zeit.

Vielleicht liegt es aber auch an den kürzer werdenden Tagen des Herbstes, die meine Stimmung auch nicht besser werden lassen.

Müde scrolle ich an meinem Laptop weiter nach unten und sehe eine neue Nachricht. Mit einem Mal bin ich hellwach. Eine Nachricht der Surfschule Westerland!

Hallo, Marie, dank je wel, vor dein Nachricht. Gerne kannst du zum Theorietraining koomen oder online. Die Praxis-Kurse beginnen dann wieder ab Frühjahr nächsten Jahres. Allerdings ist Gerrit van Stappen seit einem Monat nicht mehr in unserem Unternehmen. Aber wir haben auch andere sehr nette Surflehrer ;-) Ik hor graag van jou, hartelijke groeten, Hendrik ten Belt, steht da.

Noch einmal lese ich die Nachricht. Was steht da, Gerrit ist nicht mehr dort beschäftigt? Aber er war doch Miteigentümer der Surfschule, oder habe ich das alles missverstanden? Verdammt! Das kann doch nicht wahr sein. Aufgeregt laufe ich im Zimmer auf und ab und versuche, meine Gedanken zu ordnen. Also jetzt mal ganz ruhig, Marie!, versuche ich mich selbst zu beruhigen und hole mir ein Glas Wasser aus der Küche.

Immer wieder lese ich den Text in der Hoffnung, noch irgendetwas über ihn zu erfahren. Warum hat er die Surfschule verlassen? Hat er sich vielleicht mit seinem Geschäftspartner zerstritten oder hängt es mit der jungen blonden Frau zusammen, die ich auf dem Foto meiner Mutter mit ihm gemeinsam gesehen habe? Ja, natürlich! Deshalb hat er sich auch schon im Sommer auf meine Nachricht nicht gemeldet ... Wahrscheinlich hat er sich unter der Sonne Italiens mit ihr ein neues Leben aufgebaut!

Mein Kopf dröhnt und ich spüre den tiefen Schmerz der Einsamkeit stärker als je zuvor. Die Tränen laufen mir über die Wangen und ich zittere vor Aufregung und Enttäuschung. »Wie konnte ich nur so dumm sein und mir einbilden, dass er vielleicht doch noch Interesse an mir hat?«, schluchze ich laut in meinen Arm. Rowdy stupst mich mit seiner nassen Hundenase an, als ob er meinen Schmerz spüren würde. Tiere sind die besten Freunde, denke ich und drücke sein weiches Fell gegen mein tränennasses Gesicht.

Warum ziehe ich immer die Verliererkarte im Leben? Selbst meine Mutter darf noch in ihrem hohen Alter die Liebe spüren und Ina ist auch happy mit ihrem Isolino! Ich gönne jedem von ganzem Herzen sein Glück, aber habe ich nicht auch ein Stückchen Liebe verdient?

12. Kapitel

Am nächsten Morgen erwache ich mit rot unterlaufenen Augen.

Meine älteste Tochter kommt zu mir ins Zimmer und fragt:
»Mama, was ist los? Geht es dir nicht gut?« Als sie meine roten Augen sieht, ruft sie erschrocken:»Oh Gott, wie siehst du denn aus? Bleib bitte im Bett, Mama, ich kümmere mich um die beiden Kleinen!«

Ich habe fast die ganze Nacht kein Auge zugetan und zwischendurch brachen sich immer wieder Tränen Bahn. Langsam setze ich mich auf die Bettkante. Autsch!

In meinem Kopf dröhnt ein Presslufthammer und meine Augen brennen wie Feuer, als ich ihr leise antworte:»Danke, Lotta. Ich habe eine schreckliche Migräne und kann wirklich noch nicht aufstehen. Es ist echt nett von dir, wenn du die Kleinen für die Schule fertig machen würdest.«

Lotta schaut mich mitfühlend an und gibt mir einen Kuss auf die Stirn.»Kein Problem, Mama. Du ruhst dich jetzt erst einmal aus und wenn wir aus der Schule kommen, geht es dir bestimmt wieder besser.« Leise schließt sie die Tür und ich höre einige Zeit später die Haustür ins Schloss fallen.

Ach, Lotta, denke ich gerührt. Wie oft ärgere ich mich über ihre Unordnung und die laute Musik in ihrem Zimmer. Ihre oftmals störrisch herablassende Art und ihre Launenhaftigkeit. Aber in Situationen wie diesen spüre ich ihr großes Herz und ihre Liebe zu mir und ihren Geschwistern. Ein großer Schwall Dankbarkeit überkommt mich und ein Gefühl des Glücks, das ich schon lange nicht mehr empfunden habe, durchströmt meinen Körper.

Hey, Marie, sei nicht traurig, über das, was du nicht hast, sondern sei dankbar für das, was du vom Leben geschenkt bekommen hast, denke ich lächelnd und kuschele mich noch einmal in meine Decke. Zufrieden schlafe ich ein und träume von einem weiten Strand, meine Kinder und ich toben durch den weißen Sand und liegen lachend in der Sonne.

Entspannt wache ich einige Zeit später auf und sehe, dass es schon fast zwölf Uhr ist! Oh, wann habe ich das letzte Mal so lange vormittags geschlafen? Das muss in meiner Jugend gewesen sein! Lächelnd springe ich unter die erfrischende Dusche und keine zehn Minuten später sitze ich in meiner gemütlichen Küche.

Mit einer Tasse Kaffee in der Hand lese ich einen Zettel auf dem Küchentisch mit der Nachricht: *Guten Morgen, liebe Mama. Hoffentlich geht es dir besser und du konntest noch etwas schlafen. Bis später, Kussi, Lotta. PS: Mit Rowdy war ich heute Morgen auch schon kurz draußen ;-)*

Lächelnd lege ich den Zettel zur Seite. Was für ein großes Glück, solche Kinder zu haben, denke ich und schaue voller Dankbarkeit hinaus in den Garten, in den die Spätherbstsonne scheint. Endlich fühle ich mich wieder besser und habe mir vorgenommen, nicht mehr an den gestrigen Abend und die dumme Mail zu denken. Brauche ich wirklich unbedingt einen Mann oder erlebe ich mit meinen lieben Kids nicht schon genug Glück? Eines hat mich diese Geschichte mit Gerrit gelehrt. Die Liebe kann man nicht erzwingen und wenn mich der Richtige sucht, dann wird er mich auch finden!

Endlich Wochenende! Heute werde ich meine Mutter anrufen und mit ihr über Frederik sprechen. Die Wahrheit über ihn kann ich nicht länger für mich behalten! Auch Ina macht sich Gedanken um meine Mutter und ist der Meinung, dass ich nun endlich die Karten auf den Tisch legen sollte.

Nele und Mattis sind heute Nachmittag auf einem Kindergeburtstag in unserer Nachbarschaft und Lotta bei ihrer Freundin Laura. Aufgeregt lasse ich mir einen Cappuccino durch die Kaffeemaschine laufen und setze mich mit der heißen Tasse an meinen Esstisch. Hoffentlich erreiche ich sie jetzt, denke ich und drücke die gespeicherte Nummer meiner Mutter.

»Hallo, Mama. Ich bin's!«, begrüße ich sie.

Kurz höre ich ein Knacken und drücke das Handy fest an mein Ohr.

»Ah, Marie! Das war Gedankenübertragung! Ich wollte dich gerade anrufen«, höre ich meine Mutter sagen.

»Mama, ich wollte fragen, ob ihr schon wieder zu Hause seid und ob du morgen Nachmittag zu unserem Frauenkaffee kommst? Ina und Lotta freuen sich auch schon sehr dich zu sehen«, frage ich mit gespielter Sorglosigkeit.

Ihre Stimme klingt traurig und ich spüre, dass sie den Tränen nahe ist. »Marie, ich bin noch in Starnberg, besser gesagt im Starnberger Notfall-Krankenhaus. Wir hatten einen Unfall. Frederik liegt auf der Intensivstation.«

Was höre ich da gerade? Unfall, Krankenhaus, Intensivstation? Meine Beine werden weich und meine Hände zittern. »Oh Gott, Mama. Bist du in Ordnung? Wie konnte das passieren? Was ist mit Frederik?« Meine Stimme überschlägt sich und ich spüre, wie mir die Tränen in die Augen schießen.

Leise höre ich meine Mutter antworten: »Mir geht es gut. Es war ein Auffahrunfall. Frederik hatte keine Schuld. Er hat innere Verletzungen und einen Trümmerbruch am Bein. Alles andere müssen wir jetzt abwarten.«

Mir stockt der Atem. Frederik von Putlitz war nicht gerade mein bester Freund und was er mit meiner Mutter vorhatte, kann ich nur erahnen. Aber, dass er jetzt auf der Intensivstation liegt mit inneren Verletzungen nach einem schlimmen Unfall, das schockt mich jetzt zutiefst.

»Mama, was kann ich für dich tun? Wo bist du jetzt? Soll ich kommen?«, antworte ich hektisch.

114

»Nein, Marie. Du kannst nichts tun. Danke! Deine Kinder brauchen dich. Ich habe mir hier ein Hotelzimmer genommen, direkt in der Nähe des Krankenhauses. Es wird wohl noch ein, zwei Tage dauern, bis er transportfähig ist, sagen die Ärzte. Dann wird er mit dem Hubschrauber zurückgeflogen. In die Uniklinik Köln. Wir können jetzt nur abwarten. Ich melde mich morgen wieder. Ich hab euch lieb.«

»Mama, ich dich auch und melde dich sofort, wenn es etwas Neues gibt«, antworte ich mit tränenerstickter Stimme. Wie gelähmt sitze ich an meinem Esstisch und schaue auf mein Handy. So schnell kann sich alles im Leben ändern! Heute Vormittag war ich noch fest davon überzeugt, meine Mutter vor diesem Grafen von Putlitz zu warnen und ihr die schnellstmögliche Trennung vorzuschlagen und jetzt? Darf ich in einer so schwierigen Situation überhaupt etwas dazu sagen? Mir wird schwindelig und ich halte mich an der Stuhllehne fest, um nicht umzukippen.

Nein, ich werde es meiner Mutter nicht noch schwerer machen, als es ohnehin schon für sie ist. Meine Befürchtungen muss ich jetzt noch für mich behalten, ob ich will oder nicht! Frederik von Putlitz, ich bete für dich, dass du wieder gesund wirst – nichts anderes zählt jetzt!

Spät am Abend sitzt Ina mir gegenüber auf meinem Sofa und schaut mich mitfühlend an, nachdem ich ihr die Geschichte erzählt habe. »Puh, Marie. Das ist ja echt scheiße! Sorry, aber ich finde jetzt gerade kein anderes Wort für die Situation. Zum Glück ist deiner Mutter nichts passiert.«

Langsam schütte ich uns Apfelschorle nach und nehme einen großen Schluck, bevor ich antworte: »Ja, Gott sei Dank! Sie hat auch nicht viel erzählt über den Unfallhergang. Nur, dass es ein Auffahrunfall gewesen sein muss und Frederik nicht schuld daran war.«

Ina schaut mich unsicher an und fragt:»Du hast ihr doch sicher nichts über unsere Recherchen gesagt, oder?« Ärgerlich schaue ich zu ihr rüber und antworte schroff:»Spinnst du! In so einer schwierigen Situation ist das doch jetzt überhaupt nicht relevant. Für wie gefühllos hältst du mich eigentlich, Ina?«

Erschrocken sieht sie mich an und sagt leise:»Sorry, habe es nicht so gemeint, Marie.«

Sofort wird mir klar, dass Ina es bestimmt nicht böse gemeint hat und ich sie zu Unrecht angefahren habe. Liebevoll nehme ich sie in meine Arme und drücke sie fest an mich.

»Hey, Ina, tut mir leid, dass ich dich so angezickt habe. Meine Nerven liegen momentan ziemlich blank. Erst die Sorge um meine Mutter, dass sie diesem Frederik nicht auf den Leim geht, jetzt dieser Unfall und dann habe ich erfahren, dass Gerrit nicht mehr Miteigentümer der Surfschule in Westerland ist und sich wahrscheinlich mit dieser jungen Blondine ein schönes Leben in Italien macht!« Voller Wut und Enttäuschung schluchze ich in Inas Schulter.»Warum habe ich immer die Problemfälle? Ich möchte auch mal wieder glücklich sein und mir nicht immer nur Gedanken machen müssen über meine Kinder oder meine Mutter! Endlich verliebe ich mich nach Jahren wieder einmal in einen tollen Mann, aber er amüsiert sich schon anderweitig. Das Leben ist nicht fair, Ina!«

Meine Freundin streichelt mir mitfühlend über den Kopf und redet beruhigend auf mich ein.»Ich kann dich verstehen, dass dir momentan alles über den Kopf wächst, aber das mit Gerrit, das hattest du mir noch nicht erzählt. Das tut mir echt leid für dich, wie hast du es denn erfahren?«

Langsam beruhige ich mich wieder und erzähle ihr von der Mail, in der Hendrik ten Belt mir mitgeteilt hat, dass Gerrit nicht mehr Teil der Surfschule ist.

Meine Freundin hört sich alles mit großen Augen an und

nippt an ihrer Apfelschorle, als sie überrascht antwortet:»Na, das ist ja jetzt 'ne Überraschung! Kein Wunder, dass du gefrustet bist, du Arme. Seit einem Monat ist er nicht mehr in der Surfschule. Als du ihm geschrieben hast, vor ungefähr drei Monaten, war er also noch dort! Warum hat er nicht geantwortet? Meinst du wirklich, es hängt mit dieser blonden Frau zusammen?«

Entschlossen schaue ich sie an und antworte trotzig:»Ich denke schon, aber wer weiß, für was es gut ist, Ina. Jetzt weiß ich wenigstens, dass es keinen Sinn mehr macht noch weiter über ihn nachzudenken. Und nach Holland werde ich natürlich auch nicht mehr fahren. Dieser Gerrit ist für mich abgehakt, prost!« Mit einem schiefen Grinsen hebe ich meine Apfelschorle und proste meiner Freundin zu. Jetzt muss auch sie lächeln und hebt ihr Glas, um mit mir anzustoßen.»Hey, Marie. Gute Idee! Mach einen großen Haken hinter die Sache und konzentriere dich auf das Leben, das vor dir liegt. Wäre ja gelacht, wenn du dich wegen eines holländischen Käsehäppchens unterkriegen lassen würdest!«

Haha, holländisches Käsehäppchen, denke ich und bin wieder einmal mehr glücklich über meine Freundin, die immer für mich da ist und mich versteht ohne viele Worte.

Kurz vor ein Uhr nachts fährt Ina nach Hause. Ich fühle mich erleichtert und bin froh, mit ihr über alles reden zu können. Sie hat wie immer recht, das Leben liegt noch vor mir …

»Wann kommt Oma denn nach Hause?«, fragt Lotta mich einen Tag nach dem Anruf meiner Mutter, als sie von der Schule nach Hause kommt und sich in der Küche über den noch heißen Nudelauflauf hermacht.

»Äh, ja, es ist so«, antworte ich stockend.»Oma wird noch etwas in Starnberg bleiben müssen. Sie hatte mit Frederik einen Auffahrunfall.«

Wie vom Blitz getroffen lässt sie die Gabel fallen und schaut mich mit aufgerissenen Augen an. »Oh Gott, ist Oma verletzt?« Sofort nehme ich meine Tochter in den Arm und antworte ruhig: »Nein, nein, mit Oma ist alles in Ordnung! Nur Frederik liegt noch auf der Intensivstation. Er hat innere Verletzungen, wir müssen abwarten.«

Jetzt kommt wieder Leben in ihr Gesicht und sie sagt mit zorniger Stimme: »Mama, du glaubst doch nicht im Ernst, dass der Unfall ein Zufall war? Ich denke, es hätte jemand anderes auf der Intensivstation liegen sollen. Denk doch mal nach!«

Jetzt kann ich ihr nicht mehr folgen. Was meint sie mit dieser Andeutung? Erschrocken schaue ich sie an und frage: »Lotta, was willst du denn damit sagen? Du glaubst doch nicht ernsthaft, dass Frederik ...?«

Ohne mich ausreden zu lassen, antwortet sie aufgeregt: »Natürlich, Mama! Oma ist eine gute Partie und wahrscheinlich hat sie ihm schon ein Teil ihres Geldes überschrieben! Wenn sie nicht mehr leben sollte ...«

Entsetzt denke ich an Frederik und seine Geldprobleme, die ja offensichtlich sind! Aber dass er meine Mutter absichtlich in einen Unfall verwickelt, um eventuell an ihr Geld zu kommen? Nein, das kann ich nicht glauben!

»Lotta, ich glaube, damit gehst du jetzt eindeutig zu weit!«, versuche ich sie zu beruhigen. »Dass Frederik Probleme hatte durch seine Scheidung ist bekannt, aber dass er Oma absichtlich in Gefahr bringen würde, daran würde ich nicht im Traum denken! Ich glaube, da geht deine Fantasie mit dir durch. Es geht ihm sehr schlecht und wir sollten ihm, auch wegen Oma, wünschen, dass er so schnell wie möglich wieder aus dem Krankenhaus entlassen wird.«

Lotta zieht die Augenbrauen nach oben und nimmt eine Gabel Nudelauflauf. Nachdem sie ihren Teller aufgegessen hat, schaut sie mich durchdringend an und meint verschwörerisch:

»Also, wenn du meinst, dass meine Fantasie mit mir durchgeht, werde ich mich nicht mehr dazu äußern, Mama! Ich hoffe, du hast recht und die Sache klärt sich auf. Trotzdem müssen wir ihn im Auge behalten, falls er das Krankenhaus wieder verlassen kann.«

Beruhigend nehme ich ihre Hand und antworte sanft: »Lotta, Frederik geht es wirklich sehr schlecht und ich bitte dich ihm eine Chance zu geben.«

Sie kratzt den letzten Rest Nudelauflauf auf ihre Gabel und nickt mir grimmig zu: »Okay, ich werde es versuchen, dir zuliebe, Mama. Hoffentlich kommt Oma bald zurück. Mit oder ohne diesen Frederik von Putlitz!« Mit diesen Worten verschwindet sie in ihr Zimmer.

13. Kapitel

Mein Kopf dreht sich immer wieder um die gleichen Fragen, als ich eine Stunde später mit Rowdy durch den Herbstwald laufe. Was hat dieser Frederik vor und hat Lotta vielleicht recht mit ihrer Befürchtung? Die Blätter sind schon bunt gefärbt und der Regen heute Vormittag hat den Waldweg komplett durchnässt. Vorsichtig versuche ich, den Pfützen auszuweichen, aber mit einem Appenzeller Sennenhund an der Leine gelingt das nicht so einfach.

Rowdy zieht und hechelt, als er zu allem Unglück auch noch ein Kaninchen durch das Dickicht streifen sieht.

»Stopp, bei Fuß Rowdy!«, rufe ich und zerre an seinem Halsband. Doch mein Hund findet das Kaninchen viel interessanter und hört nicht auf meine Rufe.

»Rowdy!«, schreie ich ihn jetzt an und stolpere hinter ihm her durch die nassen Pfützen. Er bellt und rennt immer schneller durch das Dickicht. Wenn ich ihn jetzt loslasse, ist er weg!, denke ich nur und renne mit hochrotem Kopf, krampfhaft die Hundeleine festhaltend, hinter ihm her. Rums! Abrupt bleibt er stehen und ich stolpere und rutsche über den triefnassen Waldboden. Aua! Sofort spüre ich, dass ich mein Knie aufgeschlagen habe und das Blut mir die Beine runterrinnt.

»Blöder Hund! Wie konntest du nur einfach losrennen!«, schimpfe ich ihn an und versuche mich aufzustellen. »Verdammt!« Jetzt erst merke ich, dass ich mir wohl das Knie schwerer verletzt habe, als ich anfänglich gedacht habe. Rowdy legt sich zu mir und schaut mich mit seinen treuen Hundeaugen an, als ob er sagen wollte: »Sorry, tut mir leid! Ich wollte doch nur das Kaninchen fangen …« Tolle Bescherung!

Die Sonne geht schon hinter den Bäumen unter und es fängt zu allem Übel auch noch leicht an zu regnen. Langsam ziehe ich mich an einem abgeknickten Baumstumpf nach oben und versuche den Weg durch das Dickicht zurückzufinden. Mein Handy habe ich auch nicht dabei, wie eigentlich immer, wenn ich mit dem Hund unterwegs bin. Die wenigen Stunden, die ich in der Woche mit Rowdy durch den Wald streife, will ich für mich genießen und nicht durch Handyklingeln gestört werden. Heute allerdings wäre es sinnvoll gewesen, denke ich, als ich durch den dunkler werdenden Wald laufe. Rowdy läuft mit gesenktem Kopf brav neben mir her, als ob er wüsste, was er angestellt hat. Mein Knie blutet immer noch und schmerzt höllisch bei jedem Schritt. Oje, meine Kinder, fällt es mir ein, die werden sich auch schon Gedanken machen, wo ihre Mutter so lange bleibt! Momentan ist aber wirklich der Wurm drin, oder wie meine Große immer sagt: »Schlechtes Karma, Mama!«

Mittlerweile regnet es stärker und meine Jacke ist schon ganz durchnässt, auch Rowdy sieht aus wie ein begossener Pudel, als er so neben mir hertrottet. Der Waldweg ist kaum noch zu erkennen und ich fange langsam an zu frieren. Das gibt eine ordentliche Erkältung, Marie!, kommt es mir in den Sinn und ich sehe mich schon mit Wärmflasche und Kamillentee im Bett liegen.

Nach gefühlt einer Stunde komme ich endlich an eine Lichtung und sehe im Halbdunkel eine Art Försterhütte. Ich laufe, so gut ich kann, auf die grüne Holztür zu. Drinnen brennt Licht und ich klopfe zaghaft an. Keine Minute später geht die Tür auf und ein großer, schlanker Mann steht vor mir und schaut mich überrascht an.

»Entschuldigung, Marie Kramer. Ich wollte nicht stören, aber könnten Sie mir vielleicht sagen, wo ich hier bin. Ich habe mich wohl irgendwie verlaufen«, stottere ich vor Aufregung und Erschöpfung.

»Äh, natürlich, aber kommen Sie doch erst einmal herein. Sie sind ja ganz durchnässt und verletzt sind Sie auch noch«, sagt er freundlich und schaut auf meine Wunde am Knie.

»Danke, aber kann ich auch meinen Hund mit reinnehmen?«, frage ich zaghaft und drücke Rowdy fest an mich.

Lächelnd schaut er Rowdy an und meint: »Na, für ihn haben wir auch noch ein Plätzchen übrig.«

Keine halbe Stunde später sitze ich mit einer warmen Decke und einem heißen Früchtetee mit Honig auf der Holzbank in der gemütlichen Hütte. Rowdy liegt zu meinen Füßen und kaut an einem Hundeknochen.

Meine Wunde am Knie ist desinfiziert und verbunden. Christian Waldschmitt, wie sich der nette Mann vorgestellt hat, ist Revierförster und übernachtet im Sommer und Herbst öfter mal im Wald, um morgens früh die Wildschweine und Rehe zu beobachten.

»Vielen Dank für Ihre Hilfe, Herr Waldschmitt«, sage ich und lächele ihn unsicher an.

»Keine Ursache, für solche Fälle ist ein Förster unter Umständen auch zuständig«, zwinkert er mir grinsend zu und seine braunen Augen strahlen eine angenehme Wärme aus.

Ein sehr attraktiver Mann, schwirrt es mir durch den Kopf, als er die Teekanne aus der kleinen Küche holt. Seine dunklen Locken und seine gebräunte Haut sehen einfach sexy aus, würde Ina jetzt sagen …

Hallo, Marie! Was soll das denn jetzt?, denke ich und schäme mich, dass mir solche Gedanken überhaupt in den Sinn kommen.

»Möchten Sie noch einen Tee?«, fragt er mich freundlich und holt mich aus meinen Gedanken.

»Danke, sehr nett von Ihnen, aber dürfte ich vielleicht mal Ihr Handy benutzen? Ich müsste dringend zu Hause anrufen«, antworte ich nervös und streichle Rowdy, der es sich auf einem kuschligen Lammfell gemütlich gemacht hat.

Christian Waldschmitt reicht mir sein Handy und seine Finger berühren für eine Sekunde meinen Handrücken. Ein angenehmes Prickeln durchfährt meinen Körper und ich drücke mit zittrigen Fingern meine Handynummer.

»Hallo, Lotta! Hier ist Mama«, versuche ich so ruhig wie möglich zu sagen.

»Mama! Wo bist du denn? Wir haben uns schon solche Sorgen gemacht und Oma hat auch schon angerufen und wollte mit dir reden«, antwortet meine Tochter völlig aufgelöst.

»Alles ist gut, Lotta! Ich komme gleich nach Hause. Ich habe mich mit Rowdy im Wald verlaufen, aber das erzähle ich dir später. Ich hab euch lieb …«

»Okay, Mama. Die Kleinen liegen schon im Bett. Sie wollten noch warten, bis du nach Hause kommst, aber dann habe ich ihnen die neue CD von Benjamin Blümchen eingelegt und im Nu waren sie eingeschlafen«, erzählt Lotta nicht ohne Stolz in der Stimme.

»Gut gemacht, meine Große, dann bis gleich!«, kann ich noch sagen, bevor sie das Gespräch beendet.

Der nette Revierförster schaut mich fragend an. »Ist alles in Ordnung?«

»Ja, alles gut! Wissen Sie, wie ich am schnellsten wieder nach Hause komme?« Unsicher schaue ich nach draußen, der Regen hat nachgelassen, aber es ist mittlerweile stockfinster. Plötzlich wird mir klar, dass ich mit einem wildfremden Mann in einer abgelegenen Waldhütte sitze, und drücke Rowdy instinktiv fester an mich.

Als ob er meine Gedanken lesen könnte, steht er auf und holt seinen Autoschlüssel. Freundlich nickt er mir zu und sagt: »Frau Kramer, ich bringe Sie natürlich nach Hause. Den Weg würden Sie im Dunkeln und bei diesem Wetter ohnehin nicht zurückfinden. Außerdem wäre es auch viel zu gefährlich.«

Erleichtert lächele ich ihn an und versuche aufzustehen.

»Autsch!«, stöhne ich unter dem stechenden Schmerz auf, den ich in meinem wunden Knie spüre. Im Sitzen ist das Knie auf seine doppelte Größe angeschwollen. Sofort ist er an meiner Seite und hakt mich fürsorglich unter.

»Vielen Dank«, hauche ich ihm entgegen und rieche seinen männlichen Duft in meiner Nase.

Mit sanften Augen schaut er mich an und mein Herz schlägt bis zum Hals, als er sich räuspert und unsicher antwortet: »Äh, ja, dann wollen wir mal. Kommen Sie, ich helfe Ihnen bis an mein Auto. Es steht direkt vor der Tür.«

Rowdy schüttelt sich noch einmal kräftig und trollt sich in Richtung Ausgang. Fürsorglich nimmt Christian meine Jacke vom Haken an der Wand der Hütte und legt sie mir um die Schulter. Keine fünf Minuten später hat er den Wagen geschickt auf eine asphaltierte Straße gelenkt und fragt mich grinsend: »So, jetzt müssten Sie mir nur noch sagen, wo ich Sie hinbringen soll.«

Ich spüre, wie mir die Schamesröte ins Gesicht steigt, als ich ihm irritiert antworte: »Oh ja, natürlich. Entschuldigung, dass ich Ihnen noch nicht meine Adresse gesagt habe. Sonnenblumenweg zweiunddreißig in Frielsdorf.« Mit geübter Hand gibt er die Adresse in sein Navi ein und fährt konzentriert auf der regennassen Straße, bis wir nach ungefähr fünfzehn Minuten an eine Kreuzung kommen. *Frielsdorf* fünf Kilometer steht auf dem Schild und ich erkenne jetzt auch die Abfahrt. Gott sei Dank!, denke ich und sage erleichtert: »Jetzt sind wir gleich da.«

Lächelnd schaut er kurz zu mir rüber und fährt die letzten Kilometer schweigend weiter. Schon von weitem sehe ich unser hell erleuchtetes Haus.

»Lotta hat wieder alle Lampen brennen, das macht sie immer, wenn sie alleine zu Hause ist«, sage ich lächelnd und schaue ihn von der Seite an.

Ein sehr netter Mann, wenn ich ihn doch noch einmal unter

anderen Umständen wiedersehen könnte, denke ich und verscheuche den Gedanken sofort wieder.

Langsam kommt er vor unserem Haus zu stehen. Im Handumdrehen springt er aus dem Auto und hält mir die Wagentür auf. »Vorsichtig, ich helfe Ihnen beim Aussteigen. Nicht, dass Sie noch einmal stürzen.« Er reicht mir seine Hand. Dankend nehme ich seine Hilfe an und spüre wieder das zarte Kribbeln in der Magengegend. Rowdy springt mit einem Satz aus dem Auto und Christian hält ihn gerade noch an der Leine fest. »Hey, du Gauner! Willst du schon wieder ausbüxen?«, lacht er herzlich und bringt ihn mir zur Haustür.

»Vielen Dank, Herr Waldschmitt. Wie kann ich das nur wiedergutmachen?«, frage ich unsicher und halte Rowdy am Halsband.

»Oh, keine Ursache! Ich habe nicht oft so nette Gäste in meiner Hütte«, grinst er mich mit seinen braunen Augen an und streichelt Rowdy über sein Fell.

»Nochmals vielen Dank für alles. Das war wirklich sehr nett von Ihnen«, antworte ich ihm nervös. Ohne ihn noch einmal anzusehen, hole ich den Hausschlüssel aus meiner Jackentasche.

»Warten Sie noch einen Moment!«, antwortet er aufgeregt und läuft zu seinem Wagen. Einen Augenblick später steht er mit seiner Visitenkarte vor mir. »Hier meine Karte, falls Sie sich wieder mal in meinem Revier verlaufen. Dann können Sie mich direkt anrufen.« Grinsend hält er mir die Karte hin und zwinkert mir zu.

Überrascht nehme ich sie an mich und bevor ich noch etwas sagen kann, ist er schon zu seinem Wagen zurückgekehrt.

»Ich hoffe bis bald!«, ruft er noch aus dem schon fahrenden Auto, dann ist er weg ...

Himmel, gütiger! Was war das jetzt? Aufgeregt schaue ich mir die Karte an: *Christian Waldschmitt – Timmermannstraße 5 – Holthausen. Staatlich geprüfter Revierförster* lese ich und auf der Rückseite drei Telefonnummern.

Kopfschüttelnd schließe ich die Haustür auf und betrete leise das Haus. Alles ist still, als ich Rowdy von der Leine nehme und ihm seine Schale mit Wasser in der Küche fülle. Puh, was für ein Tag, denke ich nachdenklich und aufgeregt zugleich. Dieser Christian Waldschmitt lässt mein Herz höherschlagen, wer hätte das gedacht?, lächele ich in mich hinein und schalte das Licht in der Küche aus.

Es ist mittlerweile schon nach zwölf Uhr nachts, erkenne ich auf der großen Uhr, die im Flur hängt. Vorsichtig gehe ich uns Wohnzimmer und sehe meine Tochter schlafend auf dem Sofa liegen. Wie lieb, denke ich bei ihrem Anblick. Sicher ist sie beim Warten eingeschlafen. Zärtlich streiche ich ihr über ihr langes welliges Haar und wieder einmal muss ich an ihren Vater denken, der uns viel zu früh verlassen musste.

»Mama, da bist du ja.« Lotta schaut mich mit verschlafenen Augen müde an. »Wo warst du denn so lange und wie bist du wieder nach Hause gekommen? Wir haben dich vermisst und uns solche Sorgen gemacht«, murmelt sie und drückt sich fest an mich.

Liebevoll nehme ich sie in den Arm und rede beruhigend auf sie ein: »Das erzähle ich dir morgen, Liebes, wir gehen jetzt erst mal schlafen, okay? Ich bin auch hundemüde.«

Nachdem ich keine fünf Minuten später noch einmal bei Nele und Mattis im Zimmer nachgeschaut habe und auch Lotta in ihrem Bett liegt, gehe ich nur noch kurz ins Badezimmer, um mir die Zähne zu putzen. Duschen geht auch morgen früh noch, denke ich und kuschele mich unter meine warme Bettdecke. Christian … ist mein letzter Gedanke, bevor ich mit einem Lächeln in einen tiefen, sanften Schlaf falle.

14. Kapitel

Ein Glück, dass du diesen netten Förster getroffen hast, wer weiß, wo du sonst gelandet wärst!« Lotta schmiert sich ihr Frühstücksbrot und schaut aufgeregt zu mir rüber.

Nachdem ich meiner Rasselbande erzählt habe, warum ich mich verlaufen habe, bombardieren sie mich mit Fragen. »Warum ist Rowdy denn auf einmal so schnell losgerannt, Mama? Das macht er doch sonst nicht.« Mattis sieht mich mit großen Augen fragend an und wischt sich den Milchschaum von seinem Mund.

»Vielleicht hat er einen Vogel gesehen und wollte ihn fangen!«, antwortet Nele und drückt Rowdy liebevoll an sich.

»Haha, du hast vielleicht einen Vogel!«, lacht Mattis und tippt sich mit dem Finger an die Stirn.

»Blödmann!«, keift Nele zurück und gibt ihrem Bruder einen Schubs, dass dieser fast vom Stuhl kippt.

»Hallo, Kinder! Keinen Streit bitte heute Morgen und im Übrigen hat Nele gar nicht so Unrecht. Rowdy ist tatsächlich einem Kaninchen hinterhergerannt und um ihn nicht zu verlieren, musste ich notgedrungen hinter ihm herrennen«, erkläre ich ihnen die Situation.

»Aber ja. Gott sei Dank habe ich die Hütte entdeckt und Herr Waldschmitt, der Revierförster, war so freundlich mich wieder nach Hause zu bringen.«

Grinsend schaut Nele Mattis an und macht ihm eine lange Nase. »Hihi, siehste, hatte ich doch fast recht.«

Lotta nimmt ihre Schultasche und schiebt ihren Bruder, der sich immer noch über seine kleine Schwester ärgert, in den Flur. »Auf jetzt, ihr zwei Streithähne, es ist Zeit, sonst kommen wir alle zu spät zur Schule!«, sagt sie genervt und zieht sich ihre Jacke über.

Liebevoll drücke ich alle drei noch einmal an mich und rufe grinsend hinter ihnen her. »Viel Spaß und ärgert mir die Lehrer nicht so oft!« Keine zwei Minuten später sind sie hinter dem Nachbarhaus verschwunden. Alle drei haben fast den gleichen Schulweg, und so kann Lotta auf ihre jüngeren Geschwister immer etwas aufpassen, was für mich als alleinerziehende Mutter sehr beruhigend ist. Ja, Lotta, denke ich. Sie ist seit dem Tod von Daniel schon sehr erwachsen geworden. Manchmal wünschte ich ihr noch mehr jugendliche Leichtigkeit und Unbeschwertheit. Oft habe ich die Befürchtung, dass sie sich für ihre Geschwister besonders verantwortlich fühlt und dadurch ihren eigenen Spaß etwas vernachlässigt. Sie macht sich um alles und jeden zu viele Gedanken und beobachtet die Menschen ziemlich genau. Oft bildet sie sich vorschnell eine Meinung und lässt sich dann nicht mehr umstimmen. Wie bei Frederik Graf von Putlitz. Sie hält ihn für einen notorischen Lügner und Heiratsschwindler. Das hat sie mir heute Morgen noch einmal deutlich gemacht und dass ich unbedingt Oma zurückrufen soll, da diese gestern Abend vergeblich versucht hat, mich zu erreichen.

Oh Gott! An meine Mutter hatte ich jetzt überhaupt nicht mehr gedacht und schon beschleicht mich wieder das schlechte Gewissen. Vielleicht lag Frederik gestern Abend schon in den letzten Atemzügen und ich saß gemütlich Tee trinkend mit einem fremden Revierförster in einer Waldhütte!

Aufgewühlt suche ich mein Handy. Wo habe ich es denn nur gestern hingelegt? Bis ich auf die Idee komme, mich selbst über mein Festnetz anzurufen, vergeht gefühlt noch eine Stunde. Was ist denn nur mit mir los?, denke ich aufgeregt und wähle meine Nummer. Zum Sound von Helene Fischer vibriert mein Handy. Ina hat mir diesen Song ausgesucht. Haha, atemlos durch die Nacht ... wie passend, denke ich und muss fast schon wieder lachen, als ich an den gestrigen Abend denke.

Immer lauter wird Helenes Stimme, als ich die Treppe hochrenne und dabei fast noch über Rowdy stolpere, der hinsichtlich der Musik laut anfängt zu kläffen. Atemlos bin auch ich jetzt, als ich oben ankomme und die Tür zu meinem Schlafzimmer aufreiße.

Wo ist denn das verdammte Ding?, denke ich zornig und schaue in meinen Kleiderschrank. Nichts! Helene muss aber jetzt ganz in der Nähe sein, denke ich, denn die Stimme ist jetzt nicht mehr zu überhören. Oh Gott!

Mittlerweile jault Rowdy immer lauter und ich befürchte, dass gleich meine Nachbarn an der Tür klingeln und mich wegen Tierquälerei anzeigen, wenn ich dieses dumme Handy jetzt nicht finde! Da! Endlich! Gott sei's gedankt. Es liegt ganz unten, unschuldig in meinem Wäschekorb. Wie es dort hineingekommen ist, ist mir allerdings ein Rätsel!

Rowdy hat sich auch wieder so weit beruhigt, dass er nun erst einmal zu seinem Wassernapf schlurft und sich die heisere Kehle kühlt. Alles gut, Marie! Beruhige dich, hole tief Luft und dann rufe deine Mutter endlich an, denke ich und nehme das Handy mit nach unten.

Nach diesem morgendlichen Amoklauf muss ich mir erst einmal einen frischen Cappuccino aufbrühen und stelle die Maschine an. Hm, lecker, der Duft von frisch gerösteten Kaffeebohnen versüßt mir jeden noch so bescheidenen Tagesanfang und der hatte es heute schon in sich. Aber das Schlimmste kommt ja noch! Das Gespräch mit meiner Mutter wird auch nicht gerade ein Zuckerschlecken werden, geht es mir durch den Kopf, als ich die heiße Tasse Cappuccino vor mir auf den Esstisch stelle. Langsam nehme ich einen Schluck und suche in den Kontakten meines Handys die Nummer meiner Mutter.

»Hallo, Mama, hier ist Marie«, sage ich meine Nervosität unterdrückend.

»Ah, Marie. Hallo! Hat Lotta dir gesagt, dass du mich zurückrufen sollst? Wo warst du denn gestern Abend noch so spät?«, höre ich sie aufgeregt fragen. Was soll ich denn darauf antworten? Da ich keine Lust habe, meiner Mutter die ganze Geschichte zu erzählen, sage ich nur:»Äh, ja, ich war noch bei Ina.«

Kurz höre ich ein Nuscheln am anderen Ende, bevor sie schließlich sagt:»Na ja, du bist alt genug und musst deiner Mutter nicht sagen, wenn du spätabends noch ausgehst. Aber denk daran, du hast die Kinder.« Grrrr! Am liebsten würde ich auf der Stelle auflegen, bei diesem vorwurfsvollen Unterton meiner Mutter.

Angesichts der schwierigen Situation bleibe ich aber ruhig und antworte ihr freundlich, ohne auf ihren Kommentar weiter einzugehen:»Wie geht es dir und Frederik, Mama?«

Einige Sekunden herrscht Stille, dann höre ich ein Räuspern. »Frederik ist heute nach Köln in die Uniklinik überwiesen worden. Sein Zustand ist noch kritisch, aber momentan stabil, sagen die Ärzte. Ich komme morgen mit dem Zug zurück.«

Ein Stein fällt mir vom Herzen. Sie kommt nach Hause! »Gott sei Dank für dich, Mama«, sage ich erleichtert.

»Äh, natürlich auch wegen Frederik«, schiebe ich sofort hinterher.»Ja dann, bis morgen, mein Kind, ich melde mich, wenn ich wieder zu Hause bin. Ich möchte jetzt noch einmal nach Frederik sehen.« Die Stimme meiner Mutter klingt ungeduldig und ich merke, dass sie nicht länger mit mir telefonieren möchte.

»Alles klar, Mama. Wir freuen uns dich wiederzusehen und wenn du noch irgendetwas brauchst, melde dich bitte«, erwidere ich ihr besorgt, da höre ich schon das »Tut, tut« in der Leitung. Endlich kommt sie nach Hause, denke ich und ahne aber im selben Moment, dass ich mit ihr nicht über Frederik sprechen kann – noch nicht!

Jetzt erst fällt mein Blick auf die Visitenkarte, die ich gestern Nacht auf dem Esstisch liegen gelassen habe. *Christian Waldschmitt – Revierförster* lese ich noch einmal und drehe die Karte auf die Rückseite. Mein Herz fängt schon wieder an lauter zu schlagen und das liegt nicht allein an dem Gespräch mit meiner Mutter.

Seine Telefonnummer habe ich jetzt, denke ich und lächele Rowdy an, der es sich auf seiner Hundedecke gemütlich gemacht hat. »Tja, Rowdy, dir habe ich es zu verdanken, dass ich diesen netten Förster überhaupt kennengelernt habe.« Als ob er mich verstehen könnte, kommt er aufgeregt mit seinem treuen Hundeblick zu mir an den Tisch und streicht mir um die Beine.

»Rowdy, Rowdy, was soll ich denn jetzt tun?«, frage ich ihn, als ob ich eine Antwort von ihm erwarten könnte. »Dieser Christian ist ein wirklich sympathischer Mann. Vielleicht sollte ich ihn anrufen und mich noch einmal bei ihm bedanken. Was meinst du?«

Rowdy schaut aufmerksam zu mir hoch und ein lautes »Wuff, wuff« ertönt. Jetzt muss ich herzhaft lachen und drücke ihn fest an mich. Wenn das keine eindeutige Antwort ist, denke ich und stecke die Visitenkarte schmunzelnd in meine Geldbörse.

Oh, schon wieder so spät! Die Uhr zeigt zehn Uhr. Ina wollte heute Vormittag noch zu unserem gemeinsamen Marmeladenfrühstück kommen. Das hatte ich fast vergessen! Dingdong, Dingdong klingelt es auch schon an der Haustür. Schnell spurte ich zur Tür, um ihr zu öffnen.

»Guten Morgen, liebste Ina«, begrüße ich sie überschwänglich und drücke ihr einen Kuss auf die Wange.

Ungläubig schaut meine Freundin mich mit großen Augen an und fragt: »Hey, hey, Marie. Was ist denn mit dir los? Hast du einen Clown verschluckt, oder warum bist du heute Morgen schon so gut gelaunt? So habe ich dich ja schon lange nicht mehr erlebt!«

Rasch schiebe ich sie in die Küche und nehme ihr die frischen Brötchen ab, die sie in der Hand hält. »Ich freue mich einfach dich zu sehen«, gebe ich grinsend zurück und schalte die Kaffeemaschine an.

Jetzt schaut mich Ina noch genauer an und verdreht die Augen. »Haha, das kann ja kaum der Grund für deine gute Laune sein, denn ich bin mindestens zwei- bis dreimal die Woche hier und da habe ich von deinem sprühenden Optimismus wenig mitbekommen. Oder habe ich was verpasst?«

Langsam schütte ich den heißen Kaffee in die Tassen und hole die Butter und die sieben verschiedenen Sorten Marmelade aus dem Kühlschrank. Da Ina und ich nur Marmelade zum Frühstück essen, außer im All-inclusive-Hotel, treffen wir uns abwechselnd bei mir oder ihr zum Marmeladenfrühstück. Wir essen nur handgemachte Marmeladen, die wir bei Inas Oma »bestellen«. Sie hat einen riesigen Obstgarten mit allerlei leckeren Obstsorten, von Erdbeeren über Himbeeren, Stachelbeeren, Kirschen und Äpfeln ist alles vorhanden, was das Herz begehrt.

Daraus macht Oma Liesel dann die herrlichsten Marmeladen und freut sich immer sehr über willige Abnehmer ihrer Köstlichkeiten. Außerdem backt sie den besten Rotweinkuchen der Welt! Schnell stelle ich Teller und Messer auf den Tisch und reiße die Tüte mit den noch warmen Brötchen auf.

»Hm, herrlich!«, nuschele ich vor mich hin, nachdem ich schon das zweite Brötchen mit Erdbeermarmelade vertilgt habe.

Ina schaut mich entgeistert an und lacht. »Mensch, Marie, du hast ja heute einen gesegneten Appetit, jetzt erzähl schon, warum du heute so gut gelaunt bist! Das kann nicht nur an meiner Anwesenheit liegen.«

Übermütig grinsend antworte ich ihr: »Kennst du den Spruch: Ein blindes Huhn findet auch mal ein Korn?«

Inas blaue Augen werden immer größer. »Wie meinst du das jetzt? Sag nur, du hast ein Korn gefunden?«

Jetzt muss ich so herzhaft lachen, dass mir mein Marmeladenbrötchen fast im Hals stecken bleibt.

»Hilfe, Ina, ich ersticke!«, antworte ich immer noch lachend und trinke hastig einen Schluck Kaffee hinterher.

Schnell klopft sie mir den Rücken und meint dabei neugierig grinsend: »Oh, oh, Marie, das scheint ja ein ganz besonderes Korn zu sein. Jetzt erzähl schon, wo hast du ihn gefunden?«

»Du wirst es nicht glauben, Ina, im Wald!«, antworte ich schelmisch und sehe, wie Inas Mund sich zu einem ungläubigen Staunen verzieht.

»Aha, im Wald und die sieben Zwerge waren wahrscheinlich auch noch dabei?«

»Nein, aber Rowdy«, antworte ich und sehe Ina das erste Mal nach all den Jahren sprachlos ...

Eine Stunde und gefühlt zehn Marmeladenbrötchen später sitzt meine Freundin mit offenem Mund in meiner Küche, als ich ihr die ganze Geschichte mit Rowdy und Christian Waldschmitt zu Ende erzählt habe.

»Also, Marie, du erstaunst mich immer wieder. Irgendwie lernst du deine Männer nie auf normalem Weg kennen. Daniel hast du damals im Aufzug kennengelernt, als ihr beide im selben Stockwerk stecken geblieben seid, Gerrit im Flugzeug, als du ihm auf die Hose gekotzt hast, und diesen Revierförster mit Rowdy im Wald. Ich muss schon sagen. Alle Achtung!«, grinst sie mich schief an und zeigt den Daumen hoch.

Ja, das stimmt, denke ich und muss an das erste Zusammentreffen mit Daniel denken. Er fuhr jeden Tag mit mir im Aufzug der Eventfirma, für die ich damals als Gestalterin für visuelles Marketing arbeitete, und wir redeten nie ein Wort miteinander. Irgendwie schien jeder mit sich beschäftigt zu sein. Bis zu dem Tag, als der Aufzug streikte und wir zwei geschlagene zwei Stunden zusammen eingesperrt waren. Als wir endlich befreit wurden und ich mir vor Angst fast in die Hosen gemacht hätte, tauschten wir unsere Handynummern aus. Tja, so begann unsere Liebe …

»Hey, Marie, ich freu mich so für dich! Habe ich es nicht kürzlich erst gesagt? Das Leben hat noch so viel vor mit dir.« Ina zwinkert mir geheimnisvoll zu und holt mich aus meinen Erinnerungen.

Gedankenverloren antworte ich: »Ja, damit habe ich wirklich nicht gerechnet, dass ich hier fast vor der Haustür einen so netten, sympathischen und gutaussehenden Mann kennenlerne.«

»Läuft bei dir, liebe Marie. Ein Hoch auf Rowdy!« Übermütig schwenkt Ina ihre Kaffeetasse und ruft: »Und Gerrit, das holländische Käsehäppchen, ist jetzt hoffentlich endgültig Geschichte!«

Ja, hoffentlich, denke ich und spüre noch immer das Kribbeln im Bauch, wenn ich seinen Namen höre.

»Puh, ich bin satt.« Ina schiebt grinsend den leeren Teller von sich weg und wischt sich den Mund mit der Serviette sauber. »Die selbstgemachten Marmeladen von Oma Liesel sind einfach zu köstlich, ich muss echt aufpassen, dass ich nicht wieder zu viel davon esse. Weißt du noch letztes Jahr? Da habe ich sage und schreibe sechs Brötchen hintereinander gegessen.«

Lachend räume ich die Marmelade in den Kühlschrank. »Oh ja, daran erinnere ich mich und anschließend konntest du drei Wochen keine Marmelade mehr sehen!«

Ina verzieht ihr Gesicht und rollt mit den Augen, als sie antwortet: »Allerdings, das war des Guten eindeutig zu viel!«

Schnell schütte ich uns noch Kaffee nach und setze mich wieder lachend an den Tisch. »Du kannst es ja vertragen mit deiner top Figur, Ina. Wenn ich nur sechs Brötchen anschaue, werde ich schon dick!«

Meine Freundin reibt sich den Bauch und schmunzelt.»Oh, so ist das auch nicht mehr, ich habe seit dem Sommer zwei Kilo zugenommen. Mir geht es einfach nur gut, Marie.«Glücklich schaut sie mich an und ich sehe, wie ihre blauen Augen funkeln. Sie sieht noch viel besser aus als sonst und ihre rosigen Wangen leuchten, die Beziehung mit Isolino tut ihr sichtlich gut. Vorsichtig nimmt sie meine Hand und legt sie auf ihren Bauch.»Marie, du bist die Erste, die es erfährt. Eigentlich wollten wir noch etwas warten, bevor wir es erzählen, du weißt ja, die ersten drei Monate sind immer noch etwas gefährlich«, sagt sie leise und schaut mich dabei vielsagend an.»Ich bin schwanger …«

In meinem Kopf dreht sich auf einmal alles und die Gedanken rasen wie Blitze hin und her. Ina ist schwanger! Wie oft hat sie darüber die letzten Jahre gesprochen und immer gesagt, dass man dafür den richtigen Mann kennenlernen muss. Mit Isolino hat sie ihn endlich gefunden!

Überwältigt schaue ich sie mit offenem Mund an und stottere:»Du bekommst ein Baby?«

Jetzt brechen alle Gefühle aus ihr heraus und die Tränen rinnen ihr die Wangen herunter.»Ja, Marie! Ich bin so überglücklich, du weißt, wie sehr ich mir ein Kind gewünscht habe, aber irgendwie hatte ich auch schon fast abgeschlossen damit. Schließlich bin ich nicht mehr die Jüngste …«, sagt sie leise und strahlt mich an.

Ich kann es immer noch nicht richtig fassen und streichele liebevoll ihren Bauch.»Ina, ich freue mich so für euch!«, antworte auch ich jetzt unter Tränen und drücke meine Freundin vorsichtig an mich.

Eine gefühlte halbe Stunde später sitzen wir mit einem Berg vollgeweinter Papiertaschentücher an meinem Küchentisch und halten uns beide liebevoll im Arm.

»Oh, Ina! Ich kann es noch immer nicht glauben. Das ist die schönste Nachricht, die ich seit langem gehört habe«, sage ich mit einem freudigen Lächeln und schaue Ina jetzt etwas genauer an. »Man sieht aber wirklich noch nichts. Du bist immer noch rank und schlank, meine Liebe.«

Nun streckt meine Freundin ihren kleinen Bauch nach vorne und streicht mit der Hand sanft über die kleine Kugel, grinsend sagt sie: »Ich bin auch erst in der zehnten Woche. Die Kugel wird wohl noch größer werden. Warte es nur mal ab, Marie!« So entspannt habe ich sie noch nie gesehen, denke ich und sehe in ihr strahlendes Gesicht. Ina wirkt überglücklich, als sie mir erzählt, dass sie das übernächste Wochenende zu ihrem Isolino in die Toskana fliegen will, nach Cagliari, wo alles in diesem Sommer begann …

»Isolino möchte nicht bis Weihnachten warten, bis wir uns wiedersehen. Obwohl es ja nur noch sieben Wochen sind. Er freut sich wahnsinnig auf das Baby und möchte mich am liebsten immer bei sich haben. Deshalb fliege ich das übernächste Wochenende noch einmal zu ihm.« Ina beißt sich nervös auf die Unterlippe und sagt stockend: »Marie, da wäre noch was. Ich wollte dich fragen, ob du vielleicht mit mir kommst. Du weißt ja, dass ich unter normalen Umständen keine Angst habe. Aber jetzt wäre es schön, wenn ich nicht alleine fliegen müsste. Natürlich nur, wenn du es irgendwie mit deinen Kids hinbekommst. Wäre nur für zwei Nächte und das Hotel in Cagliari wäre dasselbe wie im Sommer. Natürlich würden Isolino und ich für alle Kosten aufkommen«, sagt sie aufgeregt und schaut mich dabei fragend an.

Noch einmal Toskana? Sofort sehe ich mich in der warmen Sonne liegen und das kristallklare Meer schimmert in azurblauen Tönen. Wie gerne wäre ich noch einmal dort, denke ich und schaue Ina unschlüssig an.

»Oh, natürlich würde ich gerne mit dir kommen, Ina. Aber

wo sollen die Kinder so lange bleiben? Meine Mutter kommt morgen von Starnberg zurück. Frederik ist ja gerade erst in die Uniklinik nach Köln gebracht worden …«

Traurig sieht Ina mich an und sagt verständnisvoll:»Verstehe, Marie. War auch eine blöde Idee von mir, Entschuldigung! Du hast sicher andere Sorgen.«

Wie gerne würde ich ihr den Wunsch erfüllen. Ich weiß, wie beruhigt sie wäre, wenn ich mitkommen würde. Aber wie soll ich das nur hinkriegen?, denke ich und halte dabei die Hand meiner Freundin ganz fest.»Ich werde auf jeden Fall darüber nachdenken, Ina. Lass mich bitte morgen erst einmal mit meiner Mutter reden, danach sage ich dir Bescheid, okay?«

Ina nickt mir dankbar zu.»Oh, schon zwölf Uhr? Ich muss heute Nachmittag noch zu meiner Frauenärztin.« Schnell packt sie ihre Tasche zusammen und gibt mir noch einen Kuss auf die Wange. An der Haustür rufe ich ihr noch aufgeregt zu:»Und bring beim nächsten Treffen bitte ein Ultraschallfoto von dem neuen Erdenbürger mit!«

Als sie weg ist, muss ich erst einmal meine Gedanken sortieren. Ina ist schwanger! Immer wieder geht es mir durch den Kopf, wie glücklich und zufrieden sie aussah. Wer hätte das noch vor einem halben Jahr vermutet? Dass sie Weihnachten nicht mehr allein feiern muss, sondern mit Mann und Baby unter ihrem Herzen? Ich freue mich unendlich für sie. Meine beste Freundin, du hast es so verdient! Irgendwie muss ich es hinbekommen, dass ich sie auf ihrem Flug begleiten kann. Wenn ich nur schon wüsste, wie …

15. Kapitel

»Mama! Oma ist am Telefon!«, ruft mich Lotta einen Tag später, als ich gerade die Haustür mit Rowdy hereinkomme. Schnell drückt sie mir das Handy in die Hand und verschwindet wieder in ihrem Zimmer.

»Hallo, Marie! Ich wollte nur sagen, dass ich wieder gut zu Hause angekommen bin und es Frederik wieder besser geht«, höre ich meine Mutter sagen.

Mittlerweile habe ich meinen Hund von der Leine genommen und schütte mir meinen Lieblingsorangensaft in ein Glas.

»Oh, schön zu hören, Mama. Ich würde mich freuen, wenn du morgen Vormittag auf eine Tasse Kaffee vorbeikommen würdest. Dann kannst du mir alles in Ruhe erzählen«, antworte ich ihr und nehme noch einen Schluck von dem frischen Saft.

»Ja, das ist eine gute Idee, Marie. Ich muss sowieso mit dir reden. Dann bis später, mein Kind.«

Schwups ist sie weg! Sie muss mit MIR reden …? Ich muss mit IHR reden!, denke ich und mein Magen zieht sich bei dem Gedanken an das bevorstehende Gespräch empfindlich zusammen.

»Schön, dich zu sehen, Marie! Ich hoffe, alle sind gesund und munter!«, ruft meine Mutter am nächsten Vormittag, als sie mit Kuchen bepackt in meiner Küche steht und mir einen flüchtigen Kuss auf die Wange drückt.

»Alles gut, Mama. Die Kinder sind noch in der Schule, aber allen geht es prima. Ich soll dir aber ganz liebe Grüße bestellen«, gebe ich ehrlich zurück. Der Umstand, dass wir jetzt alleine sind, kommt mir sehr gelegen. Endlich, so hoffe ich, kann ich mit ihr über Frederik reden und meine Bedenken ihm gegenüber offen aussprechen.

»Setz dich doch und danke für den leckeren Kuchen!«, sage ich nervös und schneide den Kuchen an, den meine Mutter wie immer in der teuersten Konditorei der Stadt gekauft hat. »Qualität hat eben ihren Preis«, pflegt sie immer zu sagen und hat damit natürlich mal wieder recht ...

»Das ist wirklich der beste Bienenstich der ganzen Stadt«, sage ich und nehme mir gleich noch ein Stück auf den Teller. Meine Kleidung hat sich sowieso schon den herbstlich winterlichen Temperaturen angepasst und so fällt ein Kilogramm mehr oder weniger auch nicht mehr auf.

Meine Mutter sitzt mir gegenüber und schaut mir aufmerksam zu. Wer weiß, was ich gleich noch alles zu hören kriege, geht es mir durch den Kopf, als meine Mutter nervös mit ihren Augenlidern klimpert. Das ist kein gutes Zeichen!

»Wie geht es Frederik, Mama? Ich hoffe, dass er das Schlimmste überstanden hat«, frage ich interessiert und schiebe den Teller zur Seite.

»Danke der Nachfrage, mein Kind. Es geht ihm nun schon viel besser. Er liegt nicht mehr auf der Intensivstation. Gott sei Dank! Das hätte sehr böse ausgehen können für ihn. Dieser Trottel, der uns auf seinen Wagen gefahren ist, hat sich noch nicht einmal entschuldigt. Stell dir das mal vor, Marie!«, antwortet sie aufgebracht und läuft dabei auf und ab.

»Aber ihr habt doch das Autokennzeichen und die Adresse des Unfallverursachers oder?«

Mit hochrotem Kopf setzt sie sich wieder an den Tisch und spielt nervös mit ihrer Serviette. »Ja, natürlich, aber eine Entschuldigung wäre doch wohl das Mindeste, was man verlangen kann, Marie! Frederik hätte fast sein Leben verloren ...« Ihre Stimme versagt und die Tränen sammeln sich in ihren blauen Augen. Mit zitternden Händen nimmt sie ihre Serviette vom Tisch und wischt sich über ihre Wangen.

So aufgewühlt und verletzlich habe ich meine Mutter selten gesehen. Vielleicht bei der Beerdigung meines Vaters, aber selbst da war sie gefasster als jetzt, denke ich und spüre ihren Schmerz und ihre Angst, Frederik zu verlieren. Zärtlich streiche ich ihre Hand und sage verständnisvoll:»Oh, Mama, das tut mir so leid. Ich hoffe für euch, dass Frederik schnell wieder gesund wird.« Jetzt erst merke ich, dass er ihr viel mehr bedeutet, als ich vermutet habe. Wie kann ich ihr in dieser schwierigen Situation die Wahrheit über ihn sagen? Und wenn es nicht der Wahrheit entspricht? Vielleicht ist alles doch nicht so schlimm, wie wir vermuten?

»Marie!« Meine Mutter holt mich aus meinen Gedanken. »Frederik und ich werden heiraten.«

Sofort bin ich hellwach und schaue sie mit aufgerissenen Augen an, versteinert gebe ich zurück:»Äh, was? Mama, du kennst ihn doch noch gar nicht lange und warum so schnell?!«

Liebevoll schaut sie mich an und sagt mit entschlossener Stimme:»Dieser Unfall hat uns gezeigt, wie kostbar die Zeit ist, die wir gemeinsam haben. Ich habe mit diesem Mann ein neues Leben begonnen. Du weißt, die Ehe mit deinem Vater war gut, kontrolliert und geplant. Ich bereue auch nichts. Aber das, was ich mit Frederik erleben darf in meinem Alter, ist noch einmal ein großes Geschenk. Als er auf der Intensivstation lag, habe ich gebetet, Marie, und mir geschworen, wenn er diesen Unfall überlebt, werden wir heiraten.«

Gerührt schaue ich in ihre tränengefüllten Augen und nehme sie zärtlich in den Arm.»Mama, du, ihr, ich wünsche euch alles Glück der Welt« ist alles, was ich mit zittriger Stimme sagen kann.

Eine Stunde und viele Tränen später sitzen wir noch immer in der Küche. Meine Mutter erzählt mit sorgenvoller Stimme, wie sie am Bett von Frederik saß, als er im Koma lag. Jetzt erst kann ich mich in sie hineinversetzen und ihre Angst um ihren geliebten Frederik richtig spüren. Auch ich habe am Bett von Daniel gesessen, nachdem er bei einer seiner letzten Operationen auf der Intensivstation lag und die Ärzte ihn in einen künstlichen komaähnlichen Schlaf versetzten, damit er seine Schmerzen nicht mehr spürte.

»Ich weiß, dass unsere Entscheidung für dich und die Kinder nicht einfach ist, aber ich hoffe, du verstehst mich und kannst es akzeptieren.« Liebevoll streicht sie mir über die Wange. Was soll ich jetzt nur tun? So viele Gedanken schwirren mir durch den Kopf. Mein Verstand redet ununterbrochen auf mich ein: »Sag es ihr endlich. Es ist deine Pflicht als Tochter, sie vor solch einem Betrüger zu schützen!«

Doch mein Herz sagt: »Siehst du nicht, wie glücklich deine Mutter ist, willst du all dies wegen einer vagen Vermutung zerstören?«

Ehe ich etwas sagen kann, schaut sie mich fragend an: »Marie, ich will ganz offen zu dir sein. Frederik hat große finanzielle Probleme. Die Ehe mit seiner Ex-Frau ging in die Brüche und hat ihn fast sein gesamtes Vermögen gekostet. All das hat er mir gebeichtet, bevor wir nach München gefahren sind. Er meinte, dass ich ihn vielleicht für einen Heiratsschwindler halten könnte, und wollte sich von mir trennen, weil er vermutete, dass du ihn auch für einen Hochstapler halten würdest. Hast du darüber Bescheid gewusst, denn schließlich konnte man wohl auch im Internet über ihn lesen?«

Verwirrt schaue ich sie an. Frederik hat ihr die Wahrheit gesagt? Unsere ganze Sorge der letzten Tage – umsonst! Ein riesiger Stein fällt mir vom Herzen. Erleichtert lächele ich sie an und antworte etwas zerknirscht:»Äh, ja, wenn du mich direkt darauf ansprichst. Ich habe es auch gelesen und ehrlich gesagt habe ich mir natürlich meine Gedanken darüber gemacht. Frederik war mir von Anfang an sehr sympathisch und deshalb wollte ich es auch einfach nicht glauben, dass er vielleicht wirklich nur aus finanziellem Interesse mit dir zusammen ist, Mama. Umso glücklicher bin ich jetzt, dass er mit dir offen über seine finanziellen Probleme geredet hat.« Meine Mutter schaut mich durchdringend an und nimmt meine Hände in ihre, als sie leise sagt:»Deshalb wolltest du auch unbedingt, dass ich nach Hause komme, um mich vor dem bösen Heiratsschwindler zu retten, stimmt's, Marie?«

Verlegen schaue ich an ihr vorbei in den Garten, in dem der Winterwind die letzten Blätter verweht.»Oh, Mama, wir haben uns alle große Sorgen gemacht, nachdem Lotta die ganze Geschichte im Internet gelesen hatte. Es tut mir so leid. Ich freue mich wirklich sehr für dich und Frederik und wünsche euch nur das Beste für eure gemeinsame Zukunft«, antworte ich und spüre, wie sich meine Augen mit Tränen füllen.

Zärtlich streicht sie mir über mein Haar und nickt verständnisvoll.»Ja, mein Kind. Ich glaube dir und weiß, dass du mich beschützen wolltest, aber glaube mir, Frederik ist der loyalste und ehrlichste Mann, den sich eine Frau nur wünschen kann. Ich bin glücklich und dankbar, dass ich ihn kennenlernen durfte. Mein größter Wunsch wäre, wenn ihr ihn auch so annehmen könntet, wie er ist, und wir als Familie noch stärker zusammenwachsen würden. Ich habe bei dir und den Kindern viele Fehler gemacht, das weiß ich jetzt und das tut mir unendlich leid, aber ich hoffe, es ist noch nicht zu spät für uns …«

So emotional habe ich meine Mutter noch nie erlebt. Gefühle konnte sie ihr ganzes Leben nie richtig zeigen und jetzt sitzt sie völlig aufgelöst vor mir. Während ihr die Tränen die Wangen herunterlaufen, sagt sie leise:»Entschuldigung, Marie.«

Was für eine aufregende Zeit!, denke ich und muss meine Gedanken einmal mehr sortieren. Inas Schwangerschaft! Was für eine schöne Überraschung, die mich als ihre beste Freundin überglücklich macht, und natürlich das Gespräch mit meiner Mutter vor zwei Tagen, das sehr emotional endete.

Ich bin so erleichtert, dass sich die Vermutungen wegen Frederik nicht bestätigt haben. Nächste Woche kommt er aus dem Krankenhaus und nächstes Frühjahr wollen sie heiraten. Was eine Wendung im Leben meiner Mutter! Ich kann es immer noch nicht richtig glauben, dass sie jetzt so herzlich und offen ist. Auch den Kindern gegenüber ist sie viel entspannter geworden. Das ermutigte mich, gestern beim Abendessen das Thema »Flug mit Ina in die Toskana« anzuschneiden. Als ich ihnen die Situation erklärte, schaute Lotta mich mit großen Augen an und meinte augenzwinkernd: »Wenn Oma so cool bleibt, wie sie jetzt ist, kannst du ruhig fliegen, Mama!«

Mattis sagt lachend: »Okay, aber nur, wenn ich keinen Spinat mehr essen muss!«

Meine Mutter sagt sofort zu, als ich sie einen Tag später frage, ob sie an besagtem Wochenende auf die Kinder aufpassen könnte.

»Natürlich, Marie. Frederik geht es schon viel besser und an diesem Wochenende bin ich sowieso noch alleine zu Hause. Ich komme dann gerne zu euch!«, höre ich sie am Telefon sagen.

Aufgeregt rufe ich Ina an, um ihr mitzuteilen, dass sie den zweiten Flug in die Toskana buchen kann.

»Oh, Marie! Das ist ja eine tolle Überraschung, damit hätte ich wirklich nicht gerechnet!«, höre ich sie aufgeregt sagen. Ich erzähle ihr von meiner Mutter und Frederik, dass er offen über seine finanziellen Schwierigkeiten mit ihr geredet hat und dass unsere Vermutung, er wäre ein Betrüger, sich Gott sei Dank nicht bestätigt hat.

»Ja, ich bin so glücklich für sie und das Schönste daran ist, dass sie sich total verändert hat. Stell dir vor, die Kinder freuen sich sogar auf das kommende Wochenende mit ihr!«, antworte ich lachend und freue mich schon jetzt auf die Tage mit Ina.

»Super, Marie! Vielen, vielen Dank für alles. Ich hole dich am Freitag um neun Uhr ab, okay?«, gibt sie zurück und drückt noch einen Schmatzer durch die Leitung.

»Alles klar. Ich freue mich, Ina, bis dann!«, rufe ich noch hinterher, bevor ich auflege.

»So schnell kommt man zu einem Wochenende in der Toskana«, denke ich laut und grinse Rowdy an, der sich demonstrativ vor seinen Futternapf platziert.

»Ja, ja, mein Bester. Du bekommst natürlich auch noch was Leckeres!« Grinsend streichele ich sein dickes Winterfell, das noch flauschiger und weicher ist als im Sommer. Sofort kommt mir Christian wieder in den Sinn. Oje, bei ihm wollte ich mich ja auch noch melden und mich für seine nette Hilfe bedanken! Die letzten Tage waren aber auch so ereignisreich, dass ich den Abend mit ihm total verdrängt habe.

Sofort denke ich wieder an sein attraktives Lächeln in der Hütte, wie er mir aufmerksam die Jacke über die Schulter legte und dabei leicht meine Wangen berührte. Ein sanftes Kribbeln macht sich in meinem Körper breit und ich muss lächeln. Hey, Marie! Bleib mal auf dem Teppich, hole ich mich selbst aus meiner Schwärmerei zurück.

Vielleicht hat er gar kein Interesse an einem Treffen, aber warum hat er mir dann seine Visitenkarte gegeben?, schwirrt es in meinem Kopf. Rowdy schaut mich mit seinem treuen Hundeblick fragend an, als ob er sagen wollte: »Gib deinem Herzen einen Stoß, Marie, und ruf ihn einfach an!«

Mit klopfendem Herzen hole ich seine Visitenkarte aus meiner Geldbörse und wähle eine der drei Handynummern auf der Rückseite. Mein Herz klopft bis zum Hals, als ich das Rufzeichen höre.

»Hallo, Christian Waldschmitt hier«, höre ich keine Sekunde später seine angenehme, warme Stimme.

»Hallo! Hier ist Marie, Marie Kramer.«

Einen Moment ist die Leitung still, dann höre ich ihn freundlich fragen: »Hallo! Freut mich, von Ihnen zu hören. Wie geht es Ihnen und Ihrem Hund?«

Aufgeregt antworte ich mit belegter Stimme: »Oh, danke der Nachfrage, uns geht es gut. Ich wollte mich noch einmal bei Ihnen für Ihre nette Hilfe bedanken.«

»Ach, das war doch nicht der Rede wert und außerdem gehört es ja sozusagen zu meinem Job, mich um Tiere und Menschen im Wald zu kümmern«, gibt er lachend zurück.

Mein Herzschlag ist vom Kopf bis zu meinen Zehenspitzen zu hören! Verdammt! Warum bin ich nur so aufgeregt, wenn ich mit diesem Revierförster telefoniere?, geht es mir durch den Kopf, bevor ich ihn ohne Umschweife frage: »Ich wollte mich bei Ihnen für den leckeren Tee revanchieren und Sie zu einer Tasse Tee oder Kaffee zu mir einladen. Meine Adresse haben Sie ja. Natürlich nur, wenn es Ihnen keine Umstände macht.«

Puh, jetzt ist es raus! Kurz höre ich ein Knacken und für einen kurzen Moment dachte ich, er hätte aufgelegt, bis ich seine ruhige Stimme höre: »Oh, das ist aber nett, gerne komme ich vorbei. Diese Woche habe ich Urlaub, da können Sie sich einen Vormittag aussuchen.« Oh Gott, schon diese Woche! Eigentlich hatte ich erst nach dem Toskanawochenende mit ihm gerechnet. Mir wird heiß und kalt bei dem Gedanken, ihn morgen schon wiederzusehen. Aber jetzt gibt es kein Zurück mehr!

»Ja, dann. Wie wäre es morgen Vormittag um neun Uhr?«, höre ich mich sagen.

»Okay, prima, morgen neun Uhr und übrigens, ich heiße Christian!«, lacht er sympathisch durch die Leitung.

»Äh und ich Marie«, stottere ich und drücke ihn weg, bevor ich mich noch mehr blamiere. Meine Güte, was habe ich da gerade ausgemacht? Morgen Vormittag mit Christian zum Kaffee? Mein Kopf schwirrt und am liebsten würde ich das Gespräch ungeschehen machen. Aber dafür ist es jetzt zu spät! Nachdenklich lege ich das Handy auf den Küchentisch. Ja, Marie, da musst du jetzt wohl durch!

Aufgeregt schaue ich noch einmal in den Spiegel im Flur. Oh Gott, meine Haare! Ausgerechnet heute liegen sie überhaupt nicht so, wie ich es gerne hätte. Warum haben die Frauen in den Hochglanzzeitschriften immer perfekt gestyltes Haar und überhaupt sehen mittlerweile alle Frauen mit Anfang vierzig aus wie Anfang zwanzig! Ich selbst bin ja kein großer Social-Media-Fan, aber wenn ich mal hier und da bei Ina auf Facebook oder Instagram schaue, sehe ich nur noch gutaussehende Frauen! Hilfe, selbst die Mütter sehen aus, als ob sie noch nie Karottenbrei auf das strahlend weiße T-Shirt gespuckt bekommen hätten. Da kommt man sich als normale Frau schon ziemlich langweilig vor …

16. Kapitel

Dingdong! Dingdong! Die Türklingel holt mich aus meinen Gedanken. Es ist ja schon neun Uhr! Jetzt ist es ohnehin zu spät für einen neuen Haarschnitt, denke ich und öffne die Tür.

»Hallo, Christian, komm doch rein«, sage ich mit gespielter Lässigkeit und reiche ihm die Hand. Sein Händedruck ist kräftig und angenehm zugleich. Aus den Augenwinkeln sehe ich seine vom Sommer immer noch gebräunte Haut unter dem hellblauen Poloshirt hervorlugen.

»Hallo, Marie, danke für die Einladung!«, lacht er mich herzlich an und streckt mir einen wunderschönen Blumenstrauß entgegen.

Mein Herz schlägt bis zum Hals und ich antworte stockend: »Oh, was für ein schöner Strauß! Sonnenblumen, die mag ich besonders gern ...«

Kurz berühren sich unsere Finger und ich spüre seine etwas raue Haut an meiner Hand.

Seine braunen Augen schauen mich zwinkernd an. »Da habe ich ja Glück gehabt! Sonnenblumen mag ich persönlich auch sehr gerne. Deshalb habe ich sie ausgesucht.«

Eine Viertelstunde später sitzen wir gemütlich in meiner Küche. Draußen hat es mittlerweile angefangen zu regnen, und der Herbststurm bläst die wenigen Blätter im Garten umher. Langsam schütte ich ihm Kaffee nach und versuche, meine Aufregung zu verbergen, indem ich schmunzelnd sage: »Also, Christian, schön, dass du deinen Urlaub extra für einen Besuch bei uns unterbrochen hast.«

Lachend schaut er mich an und krault Rowdy das dichte Fell. »Na ja, unterbrochen? Ich hatte diese Urlaubswoche sowieso für spontane Dinge eingeplant. Da kam mir deine Einladung sehr gelegen und außerdem wollte ich gerne wissen, wie es dir und deinem Hund geht.« Seine Augen strahlen mich fröhlich an und ich spüre wieder dieses angenehme Gefühl in seiner Gegenwart.

Herrgott, Marie! Jetzt bleib mal auf dem Teppich, dieser Mann hat dir nur einen Gefallen getan und trinkt jetzt höflicherweise eine Tasse Kaffee mit dir, denke ich und versuche, so gelassen wie möglich zu klingen: »Wie du siehst, geht es uns gut und Rowdy freut sich schon auf den nächsten Waldspaziergang. Allerdings hoffe ich, dass wir deine Dienste nicht noch einmal in Anspruch nehmen müssen. Was nicht heißt, dass es nicht gemütlich war in deiner Waldhütte.«

Seine dunkelbraunen Augen sehen mich durchdringend an und er sagt vorsichtig: »Ja, ich fand es auch sehr schön mit euch. Mir würde es nichts ausmachen, dich noch einmal nach Hause zu fahren.«

Langsam spüre ich, wie meine Wangen glühen und ich versuche schnell, das Thema zu wechseln. »Ja, Christian, wirklich sehr nett, dass wir uns noch einmal getroffen haben. Ich hoffe, du musst dich nicht bei deiner Frau erklären, dass du zu mir gefahren bist. Ich möchte dir ungern Schwierigkeiten machen«, antworte ich unsicher mit einem verlegenen Grinsen. Plötzlich wird sein Blick ernst und seine warmen Augen wirken müde. »Oh nein. Du machst mir sicher keine Schwierigkeiten. Ich habe keine Frau …«

Jetzt erst spüre ich, dass meine spontane Frage ihn verunsichert, und auch mir ist es peinlich, dass ich ihn so direkt angesprochen habe. Oje, Fettnäpfchen, Marie!, denke ich und versuche ein lockeres Grinsen, doch so ganz gelingt es mir nicht. Schon wieder steigt mir die Schamesröte ins Gesicht und ich schütte mir schnell noch etwas Kaffee nach. »Tja, äh, ich wollte auch nicht indiskret werden.«

Seine Hände spielen nervös mit der Serviette, als er mich unterbricht. »Nein, ist schon okay. Ich bin nicht mehr ver-

heiratet. Meine Frau hat mich vor zwei Jahren verlassen. Wir waren fünfzehn Jahre zusammen und hatten keine Kinder. Obwohl ich sehr gerne welche gehabt hätte, aber das Schicksal hat es anders gewollt.« Traurig schaut er aus dem Fenster und nimmt einen Schluck aus seiner Tasse. Einen kurzen Moment habe ich das Gefühl, ihn jetzt einfach in den Arm nehmen zu müssen, stattdessen sage ich nur verständnisvoll: »Das tut mir leid. Sorry, dass ich dich darauf angesprochen habe.«
Zärtlich schaut er mich an und streicht sich eine Haarsträhne aus der Stirn. »Alles gut, Marie. Wie heißt es doch so schön? Die Zeit heilt alle Wunden! Jetzt bin ich darüber hinweg und ich denke, es sollte so sein. Vielleicht hätte ich dich nicht kennengelernt und das wäre sehr schade gewesen«, flüstert er liebevoll und seine Hände berühren leicht meinen Arm. Was passiert hier gerade?, denke ich verwirrt und versuche wie immer die Kontrolle zu behalten. Mein Puls rast und mein Herz schlägt so laut, dass ich Angst habe, er könnte es hören! Zart spüre ich seine Wange an meiner und seine Hände streichen liebevoll über mein Gesicht. Langsam öffne ich meine Lippen und gebe mich ganz seinem sanften Kuss hin ...

»Du hast ihn wirklich in deiner Küche geküsst, Marie?!« Ina ist außer sich vor Erstaunen und grinst mich schelmisch an. Vor zwei Stunden ist Christian gefahren und ich bin immer noch total aufgeregt, als ich meiner Freundin erzähle, wie es zu dem spontanen Kuss kam.
»Ina, ich weiß selbst nicht genau, was da mit mir los war. Er schaute mich mit seinen dunkelbraunen Augen so zärtlich an, dass mir ein Schauer nach dem anderen über den Rücken lief und dann ist es einfach passiert!«, antworte ich und mein Herz klopft noch immer heftig. Eigentlich wollte ich Ina nur am Handy von meinem Date erzählen, doch sie ließ sich nicht

abwimmeln und stand keine zehn Minuten später vor meiner Haustür.

»Mensch, Marie, das ist so schön! Ich freue mich echt von ganzem Herzen für dich! Dieser Revierförster hat es endlich geschafft, dich aus der Reserve zu locken. Respekt!« Freudig grinst sie mich an und drückt mich fest an sich. Meine Gefühle sind mittlerweile wieder etwas abgekühlt und ich versuche, einen klaren Kopf zu bekommen. »Also, ganz ehrlich, Ina. Damit hätte ich nie gerechnet, als ich ihm zum ersten Mal im Wald begegnet bin«, versuche ich mich zu erklären. »Okay, Christian gefiel mir eigentlich vom ersten Moment an, seine Augen leuchten so warm und seine Stimme klingt so angenehm.«

Ina stupst mich in die Seite und meint lachend: »Ja, ja, die Stimme und die Augen! Aber hat er nicht auch einen verdammt guten Körperbau?«

Jetzt muss auch ich herzhaft lachen und pruste los: »Du hast mich erwischt! Ja, er ist verdammt gutaussehend und ich glaube, es hat echt gefunkt bei uns beiden!«

»Na dann, bleib dran, Marie, und lass dir den heißen Revierförster nicht wieder entgehen!« Übermütig lacht sie mich an und drückt mir einen Schmatzer auf die Wange. Als sie auf ihr Handy schaut, ruft sie überrascht aus: »Oh, schon wieder so spät, ich muss noch einkaufen, Mariechen. Aber bitte denke daran, am Wochenende geht es erst einmal in die Toskana. Ich hole dich am Freitag um neun Uhr ab. Mit deinem Christian kannst du dich nächste Woche wieder treffen!« Ina nimmt ihre Tasche vom Stuhl und läuft grinsend zur Tür.

»Tschüss, Ina, bis Freitag!«, rufe ich ihr noch nach, dann ist sie weg. Das Toskanawochenende hatte ich fast vergessen, aber versprochen, ist versprochen! Gott sei Dank hat meine Mutter schon zugesagt, bei den Kindern zu bleiben und Spinat müssen sie ja auch keinen mehr essen, denke ich schmunzelnd …

Die letzten Tage vergingen wie im Flug. Heute ist der Morgen unseres Abfluges. Meine Mutter steht mit den Kindern an der Haustür und meine Jüngste drückt mich noch einmal fest an sich. »Mama, du kommst doch auch wirklich am Sonntagabend wieder zurück, oder?«, fragt sie ängstlich und ich bereue schon wieder meinen kurzen Alleingang.

Schnell nimmt meine Mutter Nele in den Arm und sagt verständnisvoll: »Hey, mein Schatz. Mama kommt schon bald wieder nach Hause und in der Zeit machen wir es uns richtig gemütlich. Heute Abend dürft ihr euch einen schönen Film aussuchen und den gucken wir dann alle gemeinsam mit Popcorn und Chips!«

Jetzt drängt sich auch Mattis nach vorne und ruft: »Wirklich, Oma? Krass!«

Auch Lotta grinst und meint: »Okay, aber nur, wenn wir Popcorn mit ganz viel Zucker bekommen und Chips mit Chili!« Jetzt müssen alle lachen und ich bin froh, dass sich meine Kinder mittlerweile so gut mit meiner Mutter verstehen.

Seit sie mit Frederik zusammen ist, hat sie sich total verändert. Ihre schwierigen konservativen Ansichten sind einer viel lockeren Art gewichen. Ich bin glücklich, dass sich auch mein Verhältnis zu ihr gebessert hat und sie mich jetzt so sein lässt, wie ich bin. Die ständigen Nörgeleien an mir und meinem Erziehungsstil haben unsere Beziehung in den letzten Jahren sehr belastet. Umso befreiter fühle ich mich jetzt und die Kinder freuen sich auch wieder auf ihre Oma.

»Marie, wir müssen uns beeilen. Bitte steige jetzt ein!«, ruft Ina mir aus dem Auto zu.

Noch einmal gebe ich jedem einen Kuss und versuche, meine Tränen zu unterdrücken.

»Ich hab euch lieb und hört auf Oma!«, höre ich mich sagen.

Schnell schiebt mich Lotta aus der Tür und meint lachend: »Jetzt aber Beeilung, Mama, sonst verpasst ihr noch euren Flug!

Wir kriegen die Tage auch ohne dich herum. Im Sommer war es schließlich eine ganze Woche und wir leben immer noch!« Winkend fahren wir los in Richtung Flughafen. Toskana, wir kommen ...

Der Flug ist angenehm ruhig und so kann ich Ina von meinem Telefonat mit Christian erzählen. Er hat mich gestern Abend angerufen, um mir einen guten Flug zu wünschen. Eigentlich hatte er vor, mich am Samstagabend zum Italiener einzuladen. »Schöne Idee. Aber leider esse ich meine Pizza direkt in Italien«, habe ich ihm lachend geantwortet. »Du fliegst am Wochenende nach Italien? Schade, aber ich hoffe, wir holen das nächste Woche nach. Ich freue mich sehr dich wiederzusehen, Marie«, sagte er zärtlich und seine Stimme ließ mir wieder einen angenehmen Schauer über den Rücken laufen.

Ina sieht mich schmunzelnd an und sagt: »Hey, Marie. Dich hat es ja erwischt, oder täusche ich mich da?« Gedankenverloren schaue ich nach draußen und sehe direkt unter mir das glitzernde Blau des Meeres. Es kommt mir vor, als ob wir gerade erst zum ersten Mal nach Italien geflogen wären. Dabei ist es jetzt schon über sechs Monate her und was ist in dieser Zeit alles passiert?

Meine Mutter hat einen wunderbaren Mann gefunden, der Gott sei Dank wieder auf dem Weg der Besserung ist ... Ina ist schwanger ... und ich bin, dank Rowdy, meinem Glück auch einen ganzen Schritt näher gekommen ...

»Hallo, Marie!« Ina stupst mich in die Seite und grinst. »Dich hat es wirklich erwischt. Du träumst ja, am helllichten Tag!«

Irritiert schaue ich sie an und antworte verlegen: »Ach, Ina. Wir werden sehen, wie sich alles mit Christian und mir weiterentwickelt. Wie sagst du immer: Der Passende wird mich schon finden.«

Schmunzelnd legt sie den Kopf zur Seite und meint:»Genau, Marie. Sehr gute Einstellung. Manchmal hörst du ja doch auf mich.«

Keine zwanzig Minuten später stehen wir in der Ankunftshalle des kleinen Flughafens von Cagliari.

Ina schaut sich schon ganz aufgeregt nach Isolino um, der uns abholen wollte.

»Hallo, Isolino, hier sind wir!«, ruft sie auf einmal freudig erregt und winkt ihrem Freund zu, der direkt auf uns zusteuert. Überglücklich nimmt er Ina in die Arme und drückt ihr einen zärtlichen Kuss auf den Mund.

»Oh, Bella. Ich habe dich so vermisst!«, sagt er lächelnd und kann seine Augen nicht von ihr abwenden. Sie sieht aber auch wirklich toll aus, die Schwangerschaft hat sie noch hübscher werden lassen, denke ich und freue mich, ihn wiederzusehen.

»Hallo, Isolino, schön dich zu sehen!«, sage ich freundlich und gebe ihm etwas zurückhaltend die Hand.

»Hi, Marie, in Italien nehmen wir die Menschen, die wir mögen, gerne in den Arm. Ich freu mich sehr, dass du Ina begleitet hast!«, antwortet er mir und ehe ich etwas sagen kann, drückt er mich herzlich an sich.

»Tja, so sind die Italiener, Marie, daran müssen wir uns erst gewöhnen. Diese spontane Art ist aber genau das, was ich an Isolino so liebe!«, meint Ina lachend und sieht ihren Freund verliebt an. Er ist aber auch eine tolle Erscheinung! Groß, schwarze wellige Haare, die ihm lässig in die Stirn fallen. Ina würde sagen:»Was für eine Sahneschnitte!«, denke ich und muss lächeln. Wie perfekt die beiden zusammenpassen, sehe ich jetzt erst. Sie mit ihren blonden Locken und den blitzend blauen Augen und er ein richtiger Südländer. Ein wirklich tolles Paar und bald sind sie eine kleine Familie. Ach, ich freue mich so für meine beste Freundin! Endlich hat sie ihren Traummann gefunden und die Entfernung bekommen die beiden auch noch in den Griff, da bin ich mir ganz sicher, wenn ich sie jetzt so glücklich vor mir sehe.

»Marie, wir fahren dich jetzt ins Hotel. Du kennst es ja noch von unserem Sommerurlaub«, holt mich Ina aus meinen Gedanken. »Dann kannst du dich frisch machen und heute Abend kommen Isolino und ich zum gemeinsamen Abendessen. Wie findest du das?« Liebevoll hakt sie mich unter und schiebt mich Richtung Ausgang.

»Sehr gute Idee. Ich freue mich schon auf das leckere Essen im Hotel und auf den Sekt …«, antworte ich augenzwinkernd.

»Freu mich auch auf das Essen, nur mit dem Sekt muss ich wohl noch ein paar Monate warten!«

Isolino sieht Ina glücklich von der Seite an und hält zärtlich seine Hand auf ihren kleinen Bauch …

Zwanzig Minuten später stehe ich in meinem wunderschönen Hotelzimmer auf dem Balkon und schaue auf das türkisblaue Meer. Der Wind weht kühler als noch im Sommer, aber die Sonne scheint noch immer warm auf meine Haut. Wer hätte das gedacht, dass ich nun schon das zweite Mal dieses Jahr in diesem traumhaften Hotel übernachten darf. Ich könnte stundenlang hier in der Sonne sitzen und den Wellen zusehen, wie sie immer wieder an den Strand rollen. Ein endloses Kommen und Gehen, wie im Leben …

Nachdenklich schaue ich den Möwen zu, die am Himmel ihre Kreise ziehen.

Isolino wohnt keine zehn Autominuten von hier entfernt und Ina ist natürlich bei ihm. Er hat noch eine kleine Junggesellenwohnung. Da er ohnehin beruflich viel unterwegs ist, reichte diese bis jetzt völlig aus. Wenn das Baby aber bald auf der Welt ist, wird es wohl etwas eng werden. Ina ist in dieser Hinsicht aber total entspannt. Dafür bewundere ich sie wirklich. Ich würde wahrscheinlich total durchdrehen bei dem Gedanken, dass mein Kind vielleicht ohne anwesenden Vater zur Welt kommen muss. Sie geht einfach davon aus, dass ihr Freund so oder so mittelfristig zu ihr nach Deutschland ziehen wird. Ich hoffe von ganzem Herzen für sie, dass es auch wirklich so kommt, wie sie es sich wünscht. Isolino ist ein sehr sympathischer, herzlicher Mann und trägt Ina auf Händen. Sie so verliebt zu sehen macht mich einfach nur glücklich.

Oje, schon siebzehn Uhr! Wie lange habe ich denn nun schon auf dem Balkon gesessen? Ich muss mich noch duschen, die Kinder zu Hause anrufen und da ist ja auch noch Christian! Als ich meine Reisetasche auf dem Bett ausbreite, denke ich für einen kurzen Augenblick, wie es sich anfühlen würde, wenn er jetzt bei mir wäre ... Schnell springe ich unter die frische Dusche, um die Gedanken an ihn zu verscheuchen. Das kühle Wasser prickelt auf meiner Haut und ich fühle mich erfrischt und entspannt zugleich. Jetzt noch schnell meine Mutter anrufen und danach melde ich mich noch bei Christian, denke ich und ziehe meine neue Stretchjeans an. Ina hat sie mit mir zusammen ausgesucht und meinte, dass ich darin »rattenscharf« aussehen würde.

Wieder muss ich schmunzeln, wenn ich an meine beste Freundin denke, sie ist einfach ein Schatz! Jetzt noch die neue weiße Seidenbluse überziehen und meine kurzen braunen Haare föhnen, dann bin ich fertig. Vielleicht noch etwas Rouge auf die Wangen und schwarze Wimperntusche, die gibt meinen dunklen Augen immer etwas »Interessantes«, wie Lotta immer grinsend meint. Ach ja, Lotta! Jetzt muss ich aber unbedingt zu Hause anrufen.

»Hallo, Mama!«, rufe ich fröhlich durch die Leitung.

Am anderen Ende höre ich meine Mutter: »Hallo, Marie! Schön, von dir zu hören. Ich hoffe, ihr hattet einen guten Flug und du bist gesund angekommen.«

»Ja, alles bestens und bei euch, waren die Kinder erträglich?«
Sofort antwortet sie mir begeistert:»Oh, die Kinder waren ausgesprochen lieb. Ich habe Nele und Mattis schon versprochen, wenn Frederik aus dem Krankenhaus kommt, dürfen sie bei uns übernachten!«
Gott sei Dank, das hört sich ja gut an, denke ich und gebe entspannt zurück:»Schön, Mama, das freut mich sehr. Ich melde mich morgen wieder. Gib den dreien einen dicken Kuss!«
»Ja, mache ich und grüße Ina und ihren Freund ganz lieb von mir«, erwidert sie noch und schon ist sie weg. Meine Mutter! Was ist nur mit ihr passiert? Wenn ich an die Telefonate im Sommerurlaub denke, wird es mir jetzt noch ganz flau im Magen. Sie hat sich total verändert, seit sie mit Frederik zusammen ist. Ich kann es manchmal immer noch nicht glauben, dass sie dieselbe Mutter ist, die mich jahrelang bevormundet hat! Nun aber ist sie sehr glücklich und gibt ihr Glück an ihre Familie weiter. Zufrieden hole ich mir eine Flasche Wasser aus der Minibar und schaue zum Strand. Langsam geht die Sonne im Meer unter und die Lichter des Hotels erleuchten den Weg zum Restaurant. Stehen da nicht schon Ina und Isolino? Winkend rufe ich:»Hey, ihr drei Hübschen. Ich komme sofort!«
Jetzt haben auch sie mich gesehen und Ina winkt heftig zurück.»Hallo, Marie! Komm schnell, ich habe einen Mordshunger!«
Lachend drückt Isolino sie zärtlich an sich und ruft mir zu:»Ciao, Marie, wir haben einen Tisch auf der Terrasse reserviert. Bis gleich!«
Oh, jetzt muss ich mich aber beeilen. Schnell nehme ich mein Handy vom Nachttisch und drücke die Nummer von Christian.
»Bitte geh ran!«, sage ich laut und ziehe mir noch einmal die Lippen mit meinem rotbraunen Lippenstift nach.

»Hallo, Christian hier«, höre ich erleichtert seine angenehme Stimme.

»Hier ist Marie. Wir sind gut angekommen!«, antworte ich ihm aufgeregt.

»Hey, Marie, schön, dich zu hören. Wie geht es dir? Ich hoffe, du genießt die Sonne«, antwortet er freudig und ich spüre die Nervosität in meiner Stimme.

»Ja, danke. Es geht mir gut. Das Wetter ist traumhaft. Gleich gehe ich mit Ina und ihrem Freund im Hotelrestaurant noch etwas Leckeres essen.«

»Oh, das hört sich ja gut an. Bestell unbekannterweise schöne Grüße an deine Freundin und ihren Freund! Ach, Marie, ich wünschte, ich wäre jetzt bei dir«, sagt er zärtlich. Leise schiebt er hinterher: »Ich vermisse dich.«

Was hat er gerade gesagt? Er vermisst mich? Mein Kopf schwirrt und ich antworte schnell: »Äh, ich melde mich morgen wieder und schlaf gut, Christian!«

Keine fünf Minuten später stehe ich vor der Terrasse des Restaurants. Der leichte Wind vom Meer kühlt mir meine geröteten Wangen. Erst einmal Luft holen, denke ich, das Gespräch mit Christian geht mir wieder und wieder durch den Kopf. Wir haben ja nicht viel miteinander gesprochen, aber das, was er gesagt hat, wühlt mich immer noch auf.

»Ich wäre jetzt gerne bei dir und ich vermisse dich, Marie.« Ich sehe ihn in Gedanken vor mir stehen, mit seinen dunkelbraunen Augen, die mich von Anfang an in seinen Bann gezogen haben. Obwohl ich es mir nicht eingestehen wollte, ist es passiert.

Langsam gehe ich weiter und suche mit den Augen die Tische nach Ina und Isolino ab. Am letzten Tisch sehe ich sie verliebt kuschelnd sitzen.

»Darf ich stören?«, frage ich und schaue in zwei überraschte Augenpaare.

»Hey, da bist du ja endlich. Wir dachten schon, du kommst heute nicht mehr!« Ina drückt mich fest an sich und grinst. »Mit wem hast du denn noch so lange telefoniert? Deine Mutter ist doch eher für kurze Telefonate bekannt.« Schmunzelnd schaue ich auf meine Serviette, als ich antworte: »Ach, Ina, komm schon. Du weißt doch, dass ich Christian noch angerufen habe. Im Übrigen, schöne Grüße an euch.« Isolino schaut mich lächelnd an und meint: »Danke für die Grüße, Ina hat mir schon von ihm erzählt. Ich hoffe, wir werden deinen Christian bald kennenlernen.«

»Meinen Christian?«, sage ich mit einem empört gespielten Blick. »Ich glaube, so weit sind wir noch nicht.«

Ina schaut mich schelmisch an und prostet mir mit ihrer Apfelsaftschorle zu: »Was nicht ist, kann noch werden! Auf dich und deinen Christian, Marie!«

Jetzt muss auch ich grinsen und sage augenzwinkernd: »Na ja, so schnell wie ihr beide sind wir sicher nicht!«

Der Abend mit Ina und Isolino war einfach herrlich. Auf der Terrasse des Hotelrestaurants konnte man über das dunkler werdende Meer schauen und die großen Kreuzfahrtschiffe beobachten, die mit ihren bunten Lichtern am Horizont leuchteten. Nach einem köstlichen Essen mit anschließendem Espresso verabschiedeten wir uns gegen dreiundzwanzig Uhr. Ina war sichtlich müde und versuchte ihr Gähnen vor uns zu verbergen. Tja, so eine Schwangerschaft geht auch an ihr nicht spurlos vorbei, denke ich verständnisvoll. Obwohl man ihr immer noch nicht ansieht, dass sie mittlerweile im vierten Monat ist. Genüsslich räkele ich mich jetzt auf meinem King-Size-Bett in meinem Hotelzimmer. Hier hätte Christian auch noch genügend Platz gehabt, kommt es mir in den Sinn …

Christian, wieder muss ich lächeln, wenn ich an ihn denke. Am liebsten hätte ich noch einmal seine warme Stimme gehört und einen kurzen Moment überlege ich, ihn noch anzurufen.

Doch als ich auf die Uhr schaue, ist es mittlerweile schon nach Mitternacht. Doch besser nicht, morgen ist ja auch noch ein Tag. Schnell putze ich noch meine Zähne und kuschele mich unter die nach frischer Meeresbrise riechende Bettdecke.

17. Kapitel

Die Sonne weckt mich mit ihren warmen Strahlen und ich muss kurz überlegen, wo ich bin. Dieses Hotel ist wirklich das Schönste, was ich in meinem Leben gesehen habe. Alles ist mit sehr viel Liebe zum Detail eingerichtet. Von den dunkelblauen Gardinen bis zur passenden Bettwäsche über die geschmackvollen Bilder an den Wänden passt alles perfekt zusammen. Hier hätte ich auch gerne bei der Innendekoration mitgeholfen, denke ich und streiche über die flauschigen Handtücher im Bad. Jetzt aber ab unter die Dusche und dann das tolle Frühstücksbuffet genießen! Die Erinnerung an den leckeren Latte macchiato lässt mir jetzt schon das Wasser im Mund zusammenlaufen.

Kurz darauf stehe ich am Buffet des Hotels und nehme mir von den herrlich duftenden Ciabattabrötchen. Die Marmelade sieht köstlich aus. Ob sie auch so gut schmeckt wie die von Oma Liesel?, denke ich und muss grinsen. Im Sommer musste man oft in der Reihe anstehen, um zu den Köstlichkeiten zu gelangen. Jetzt ist es hier im Hotel wesentlich ruhiger, man spürt, dass die Nachsaison begonnen hat. Langsam schaue ich mich um und entdecke noch einen Platz mit Blick auf das türkisblaue Meer. Die Wellen rollen sanft an den Strand und das Glitzern der Sonne lässt einen wunderschönen Tag erahnen. Genüsslich schlürfe ich an meinem Cappuccino und streiche mir die fruchtig riechende Marmelade auf mein Brötchen. Ach, was ein herrlicher Morgen, denke ich und freue mich schon auf das Treffen mit Ina und Isolino.

Wir wollen heute Nachmittag zusammen nach Cagliari fahren, in die kleine toskanische Stadt, in der sich die beiden im Sommer das erste Mal begegnet sind. Jetzt habe ich aber noch genug Zeit, gemütlich zu frühstücken und noch etwas am

Strand entlangzulaufen. Meine Mutter und Christian werde ich gegen Abend wieder anrufen, denke ich, als die Sonne warm durch die großen Glastüren der Frühstückshalle scheint und ich hinaus auf den fast menschenleeren Strand schaue. Italien im November, nie hätte ich gedacht, dass es auch in der Nachsaison noch so wunderschön sein kann. Die meisten Touristen sind abgereist und es herrscht eine angenehme Ruhe, als ich den Weg Richtung Strand einschlage. Der leichte Wind weht durch meine Haare und ich spüre den weichen Sand unter meinen Füßen. Einfach traumhaft! Das Meer fasziniert mich immer wieder aufs Neue und ich beobachte das Spiel der Wellen in der Sonne. Ich weiß nicht, wie lange ich so am Meer vor mich hin geträumt habe, als mich eine mir bekannte Stimme aus meinen Gedanken reißt:»Hallo, Marie! Bist du es wirklich?«

Irritiert schaue ich mich um und sehe einen blondgelockten Mann auf mich zulaufen. Die Sonne blendet mich und ich halte die Hand über die Augen, um zu erkennen, wer meinen Namen gerufen hat. Das ist ... das kann doch nicht wahr sein! Gerrit? Keine Sekunde später ist er bei mir und schaut mich verwundert an. Seine Augen leuchten und er sagt nervös zu mir:»Marie. Du hier?«

Mein Herz schlägt bis zum Hals und ich versuche, einen klaren Satz zu formulieren.»Äh, Gerrit, wo kommst du denn her?« ist das Einzige, was ich herauspressen kann. Gefühlt zehn Minuten stehen wir uns schweigend gegenüber. Langsam beruhigt sich mein Herzschlag wieder, aber ich bekomme immer noch keinen vernünftigen Satz heraus.

»Marie, dich hier zu sehen, hätte ich mir nie zu träumen gewagt und jetzt stehst du vor mir. Ich kann es immer noch nicht glauben«, sagt er zärtlich und schaut mich mit seinen blauen Augen strahlend an.

Ich antworte stotternd und völlig überfordert von der ganzen

Situation: »Äh, ja, ich bin mit Ina hier. Ich meine, du kennst sie vielleicht noch vom Sommer, die Blonde.« Oh Gott! Was erzähle ich hier nur für einen Blödsinn? Meine Wangen glühen und ich versuche, mir meine Aufregung nicht anmerken zu lassen.

Langsam kommt Gerrit auf mich zu und streicht mir sanft über die Wange. »Sorry, Marie, das musste ich jetzt tun. Ich dachte, ich sehe eine Fata Morgana!«, sagt er sofort entschuldigend und schaut mich dabei liebevoll an. Was war denn das jetzt? Und überhaupt, was soll das ganze Theater? Ich verstehe jetzt überhaupt nichts mehr!

Verwirrt versuche ich immer noch, die Fassung zu behalten. »Gerrit, schön dich zu sehen«, höre ich mich wie erstarrt sagen.

»Marie, ich glaube, wir müssen reden. Ich möchte nur eines wissen. Warum hast du dich nicht mehr bei mir gemeldet?«

Was höre ich da? Warum habe ICH mich nicht gemeldet? Jetzt wird es aber langsam amüsant. Das darf doch wohl nicht wahr sein! Der feine Herr macht sich aus dem Staub, reagiert nicht auf meine Mails und vergnügt sich mit einer anderen Frau im sonnigen Süden und dann fragt er MICH, warum ich mich nicht mehr bei ihm gemeldet habe! Jetzt reicht es aber langsam. Mit hochrotem Kopf schaue ich ihn erstaunt an und meine Stimme klingt schrill, als ich ihm antworte: »Was? Ich habe mich nicht gemeldet? Ich glaube, du verwechselst da etwas! Ich habe mehrmals versucht, mit dir Kontakt aufzunehmen, aber du hast nie geantwortet!« Langsam spüre ich die Tränen in mir aufsteigen und meine Stimme überschlägt sich fast vor Wut und Enttäuschung. »Weißt du, wie oft ich wegen dir geweint habe? Das war dir aber scheinbar egal. Mit dir bin ich fertig!«, schreie ich ihn nun unter Tränen an und renne, ohne mich noch einmal umzusehen, Richtung Hotel.

»Marie, bitte, lass uns reden!«, höre ich ihn noch rufen …

Schluchzend liege ich auf meinem Hotelzimmerbett und

weine in die Kissen. Gerrit! Ich habe das letzte halbe Jahr so
oft an ihn gedacht und mich gefragt, warum er sich nie mehr
bei mir gemeldet hat! Warum muss ich ihm jetzt wieder begegnen? Gerade jetzt, wo ich ihn langsam zu vergessen schien
und Christian in mein Leben kam. Mein Kopf dröhnt und
ich versuche, meine Gedanken zu ordnen. Ich hatte diese Geschichte mit Gerrit für mich doch endgültig abgeschlossen,
warum nur hat mich die Begegnung mit ihm gerade am Strand
so aufgewühlt? Sind es nur meine verletzten Gefühle oder emp-
finde ich immer noch etwas für ihn? Sofort sehe ich seine blonden Locken und sein fröhliches Lachen vor mir. Marie, jetzt
bleibe bitte bei den Fakten! Dieser Mann hat sich ein halbes
Jahr nicht bei dir gemeldet, vergiss ihn!, versuche ich mich
selbst zu tadeln. Langsam versickern meine Tränen und ich
schniefe noch einmal kräftig in mein Papiertaschentuch, das
ich aus meiner Handtasche hervorhole. Die Sonne scheint noch
immer vom strahlend blauen Himmel, als ich mit geröteten
Augen auf den Balkon schlurfe. Mittlerweile sind wieder einige Menschen am Strand und ich sehe an der Hotelbar einige
verliebte Pärchen ihren Eiskaffee trinken. Leise höre ich mein
Handy summen. Wo habe ich es denn nur wieder hingelegt?,
überlege ich aufgeregt und versuche, mich zu konzentrieren.
Nach einigen Klingeltönen halte ich es endlich aufgeregt in
der Hand.»Hallo, Marie hier«, höre ich mich mit bedrückter
Stimme sagen.

Sofort gibt Ina mir zurück:»Hey, Marie, was ist los? Du
klingst nicht gut. Hast du schlecht geschlafen, wir wollten uns
doch gleich zum Stadtbummel treffen, oder hast du keine Lust
heute?«

Sofort schießen mir wieder die Tränen in die Augen und ich
versuche sie krampfhaft zu unterdrücken.»Hallo, Ina, schön
dich zu hören. Mir geht es wirklich nicht so gut. Tut mir echt
leid. Vielleicht ist es besser, wenn ihr heute Nachmittag alleine

nach Cagliari fahrt. Wir treffen uns dann heute Abend zum Essen im Restaurant.«

Kurz höre ich ein Knacken in der Leitung, als Ina mit besorgter Stimme fragt:»Ist es wirklich in Ordnung für dich, wenn wir alleine fahren?«

»Ja, klar, mach dir bitte keine Sorgen. Ich ruhe mich noch etwas aus und dann bin ich heute Abend topfit!«, antworte ich mit gespielter Heiterkeit.

»Okay, Marie, dann freuen wir uns auf heute Abend. Neunzehn Uhr auf der Hotelterrasse. Ich drücke dich«, entgegnet sie mir beruhigt.

»Ich dich auch, bis später und euch einen schönen Nachmittag«, schiebe ich noch erleichtert hinterher und bin froh, dass Ina meine kleine Lüge nicht bemerkt hat. Ich möchte ihr auf keinen Fall das Wochenende verderben. Sie hatte sich doch so auf ihren Isolino gefreut, denke ich schuldbewusst. Als ich in den Spiegel schaue, sehe ich, dass meine ganze Wimperntusche verlaufen ist und ich aussehe wie ein Vampir auf Raubzug. Oh Gott! Schnell wasche ich mir mit frischem Wasser die dunklen Augenringe weg und creme mich sorgfältig ein. Tja, die Fältchen in den Augenwinkeln werden auch immer mehr, denke ich frustriert und meine Stimmung sinkt auf den Nullpunkt. Verdammt, Marie! Mach nicht so ein Drama! Das ist das holländische Käsehäppchen doch gar nicht wert, kommt es mir auf einmal in den Sinn und ich muss schmunzeln bei dem Gedanken an Inas Ausdrucksweise. Schlimm genug, dass dieser Gerrit mir mit seiner Anwesenheit den Vormittag verdorben hat!

Den Nachmittag über mache ich es mir auf meinem Balkon gemütlich und Christian wollte ich ja auch noch anrufen, denke ich und fühle mich schon ein kleines Stückchen besser. Schnell hole ich mir eine Apfelschorle aus der Minibar und mache es mir auf meinem Liegestuhl bequem. Die Sonne hat sich mittlerweile hinter ein paar kleinen Wolken versteckt und der

Wind frisch etwas auf. Nervös tippe ich die Handynummer ein und höre einen kurzen Moment später seine angenehme Stimme:»Hallo, Christian Waldschmitt.«

Mein Herz klopft wieder wie beim ersten Mal, als ich ihm begegnet bin.

»Hallo, Christian, hier ist Marie. Wie geht es dir?«, frage ich und versuche, meine Nervosität zu überspielen.

»Oh, Marie. Wie schön, dich zu hören. Ich hatte eigentlich erst heute Abend mit deinem Anruf gerechnet, aber wie heißt es doch so schön, unverhofft kommt oft«, lacht er herzhaft ins Telefon.

»Ja, ich wollte dich überraschen und bin froh, dass du angenommen hast«, antworte ich sichtlich erleichtert.

»Wenn ich deine Nummer auf dem Display sehe, gehe ich natürlich an mein Handy, Marie. Du kannst mich zu jeder Tages- und Nachtzeit anrufen«, sagt er mit sanfter Stimme und ein zarter Schauer läuft mir über den Rücken.

»Wie war dein Vormittag heute, hast du schon den Männern im Hotel den Kopf verdreht?« Wieder höre ich sein sympathisches Lachen. Oh Gott! Jetzt nur kein Drama, Marie! Ausatmen, einatmen, versuche ich mich zu beruhigen.

»Äh, nein, der passende Mann für mich ist leider nicht hier im Hotel.«

Im gleichen Moment höre ich ein schmunzelndes Aufatmen am anderen Ende der Leitung. »Da habe ich ja noch mal Glück gehabt. Ich dachte schon, ich muss mir Sorgen machen.«

Fast hätte ich mich an meiner Apfelschorle verschluckt, als ich seine Worte höre.

»Du musst dir ganz bestimmt keine Sorgen machen, Christian, ich freue mich schon dich bald wiederzusehen«, antworte ich ehrlich und spiele nervös mit meiner Halskette.

»Schön, das zu hören, Marie, wann kommt ihr denn eigentlich wieder zurück?«, fragt er mich interessiert.

»Wir fliegen ja morgen schon wieder zurück. Es ist einfach traumhaft hier. Am liebsten würde ich noch ein paar Tage bleiben.«

»Wie, noch ein paar Tage? Ohne mich, Marie? Das finde ich aber sehr schade«, sagt er sofort mit gespielt beleidigter Stimme.

»Hey, natürlich wäre es toll, wenn du auch hier wärst«, gebe ich grinsend zurück.

»Okay, das ist ein Deal, das nächste Mal komme ich mit in die Toskana«, erwidert er lachend.

»Alles klar, lass mich erst einmal am Sonntag zurückkommen und dann sehen wir weiter«, antworte ich ihm lächelnd. Einen kurzen Moment ist Stille, dann höre ich ihn zärtlich sagen: »Marie, ich hoffe, wir sehen uns nächste Woche wieder, ich freue mich auf dich.«

Mit einem leisen Seufzer antworte ich: »Ja, ich freue mich auch, Christian …«

Die Sonne versinkt langsam am Horizont. Als ich auf die Uhr schaue, ist es schon fast achtzehn Uhr dreißig! Wie schnell verging der Nachmittag, denke ich und das zärtliche Gespräch mit Christian geht mir wieder und wieder durch den Kopf. Er ist ein sehr sympathischer und toller Mann.

Ina meint, ich solle ihn mir auf jeden Fall »angeln« und nicht mehr von der Leine lassen! Wieder muss ich grinsen, wenn ich an sie denke. Sie bringt die Dinge immer direkt auf den Punkt, ohne große Umschweife! Das liebe ich so an meiner Freundin. Und wo sie recht hat, hat sie recht! Christian ist sicher ein Mann, der auch bei anderen Frauen gut ankommt und dass ich ihm gefalle, grenzt schon an ein kleines Wunder. Schließlich bin ich ja nicht alleine, sondern habe noch meine drei Kids im Gepäck! Als ich mit ihm über dieses wichtige Thema geredet habe, meinte er mit einem ernsten, aber liebevollen Lächeln: »Kinder sollten nie ein Problem sein! Für mich sind sie es definitiv nicht, Marie.«

Was für eine Aussage! Ich müsste mich doch glücklich schätzen, dass ein so attraktiver Mann sich überhaupt für mich interessiert. Warum nur fühlt es sich für mich dennoch nicht richtig an? Mein Kopf schwirrt und die Gefühle fahren Achterbahn. Immer wieder schweifen meine Gedanken ab ... Gerrit! Warum musste er mir wieder begegnen und warum fühle ich immer noch dieses Kribbeln im Bauch, wenn ich an ihn denke? Was soll ich nur tun, um ihn endgültig zu vergessen?

»Hallo, wer ist da?«, rufe ich irritiert, als ich ein Klopfen an der Zimmertür höre und die Tür einen Spalt öffne.

»Sind Sie Frau Marie Kramer? Die Rosen soll ich für Sie abgeben. Ciao!«, sagt ein Hotelangestellter in gebrochenem Deutsch und überreicht mir einen riesigen Strauß dunkelroter Rosen.

»Äh, ja, ich bin Marie Kramer, aber ... Danke«, kann ich gerade noch stotternd antworten, da ist er auch schon im Aufzug verschwunden. Langsam lege ich den wunderschönen Strauß vor mir auf den Tisch. Jetzt erst sehe ich den Umschlag, der an einer Rose befestigt ist. Mit zittrigen Fingern öffne ich ihn und ziehe eine weiße Karte hervor. *Liebste Marie*, lese ich, *warum bist du heute am Strand so wutentbrannt davongelaufen? Ich möchte dich gerne noch einmal sehen und mit dir reden, um dir vielleicht einiges erklären zu können. Ich verspreche dir, dass ich dich danach nicht mehr bedrängen werde. Ich warte heute Abend um zehn Uhr an der Hotelbar auf dich! Bitte gib uns diese Chance, alles Liebe, Gerrit.*

Mein Gott! Was ist das heute für ein Tag, denke ich und schaue verwirrt auf die Karte in meiner Hand. Dieser Mistkerl! Warum lässt er mich nicht einfach in Ruhe?, möchte ich am liebsten rausschreien. Habe ich nicht schon genug Tränen wegen ihm geweint? Mit voller Wucht werfe ich den Rosenstrauß an die Wand und setze mich schluchzend auf mein Bett.

Die Tränen laufen mir über die Wangen und ihre spüre ich einen bohrenden Schmerz in meiner Brust.

Ich weiß nicht, wie lange ich in meine Kissen geweint habe, als ich plötzlich mein Handy klingeln höre. Auf dem Display erkenne ich Inas Handynummer. Mit einer Hand wische ich mir rasch die Tränen aus dem Gesicht und versuche, mich etwas zu beruhigen. »Hey, Ina. Was ist los?« Am anderen Ende der Leitung höre ich ein Seufzen. »Mensch, Marie! Wenigstens gehst du ran. Wir warten schon dreißig Minuten auf dich und haben uns schon Sorgen gemacht. Wo bleibst du denn?« Tatsächlich ist es schon neunzehn Uhr dreißig. Wir waren um neunzehn Uhr verabredet. Mist! Jetzt brauche ich eine gute Ausrede, geht es mir durch den Kopf.

»Oh, sorry, Ina. Ich komme sofort, bis gleich!«, antworte ich aufgeregt und ohne eine Antwort abzuwarten, drücke ich sie weg. Schnell ziehe ich mir eine frische Bluse über und lasse mir kaltes Wasser über mein Gesicht laufen. Oh mein Gott! Die Augen sind vom Weinen total angeschwollen. Ich sehe, um in Inas Ausdrucksweise zu bleiben, »beschissen« aus. Leider habe ich jetzt keine Zeit mehr für ein Facelifting. Etwas Wimperntusche und Rouge muss jetzt ausreichen …

18. Kapitel

Zehn Minuten später sitze ich mit Ina und Isolino auf der Terrasse. Meine Freundin sieht mich besorgt an und meint: »Also, Marie. Was war denn heute mit dir los?! Du siehst echt nicht gut aus. Jetzt erzähle bitte, was passiert ist!« Mein Kopf dröhnt noch immer wie ein Presslufthammer! Ich hätte besser noch eine Kopfschmerztablette nehmen sollen, denke ich und schaue angestrengt auf die Speisekarte, um Inas Blicken auszuweichen.

»Habt ihr schon etwas ausgewählt?«, frage ich ablenkend und versuche, dabei zu lächeln, was mir aber gründlich misslingt. Ina schaut mich durchdringend an und nimmt liebevoll meine Hand. »Hey, Marie. Du bist ja total durch den Wind. Bitte, sag jetzt, was heute passiert ist und warum du nicht mit nach Cagliari gekommen bist. Das hatte doch sicher einen Grund und versuche nicht auszuweichen, ich bin deine beste Freundin und weiß, dass etwas oberfaul ist!«

Jetzt kann ich mich nicht mehr zusammenreißen und ich spüre, wie mir die Tränen in die Augen steigen. Isolino schaut uns beide verständnisvoll an und sagt leise: »Ich glaube, ich lasse euch zwei ein paar Minuten allein, okay? Bin gleich wieder da.« Zärtlich küsst er seine Freundin auf die Wange und ehe wir etwas antworten können, ist er schon verschwunden.

Gott sei Dank sind nicht mehr viele Besucher auf der Restaurantterrasse, sodass ich meinem Kummer freien Lauf lassen kann.

»Ina, es ist so schlimm!«, schluchze ich und schaue sie mit verweinten Augen aufgelöst an. »Weißt du, wer mir heute Vormittag am Strand begegnet ist?«

Mit weit aufgerissenen Augen antwortet sie kopfschüttelnd: »Du meinst doch nicht ernsthaft Gerrit?«

Nachdem ich ihr alles erzählt habe und auch Isolino wieder dazugekommen ist, beruhige ich mich wieder etwas.

»Du musst jetzt erst einmal was essen, Marie. Du zitterst ja am ganzen Körper«, meint Ina mitfühlend und nimmt mich liebevoll in den Arm.

»Ich habe heute auch noch nichts gegessen. Du kannst dir denken, dass mir der Appetit vergangen ist, nach der Überraschung«, antworte ich ihr nervös und trinke einen Schluck von meiner Apfelschorle.

Eine halbe Stunde später fühle ich mich schon um einiges besser, nachdem ich einen frischen Putenbrustsalat gegessen und Ina mir immer wieder aufmunternd zugelächelt hat. Auch Isolino hört mir einfühlsam zu. Als ich ihm die ganze Geschichte erzählt habe, fragt er teilnahmsvoll: »Was willst du jetzt tun, Marie?«

Ina schaut ihn verwundert an und meint aufgebracht: »Also hör mal! Diesen holländischen Casanova würde ich natürlich so schnell wie möglich abservieren und keine Sekunde mehr an ihn verschwenden!«

Jetzt muss ich trotz allem doch wieder lächeln, das ist typisch Ina, denke ich und irgendwie hat sie ja recht. Aber will ich das wirklich? Unsicher schaue ich auf das dunkle Meer hinaus.

»Also, natürlich ist das deine Sache, Marie, und ich möchte dir auch keine guten Ratschläge geben, aber vielleicht solltest du doch noch einmal in Ruhe mit ihm reden, um die ganze Geschichte, auch für dich, zu beenden«, höre ich Isolino mit ruhiger Stimme sagen.

Noch einmal mit ihm reden? Darüber hatte ich heute keine Sekunde nachgedacht! Dieser Mann hatte mich die letzten Monate so viele Tränen und schlaflose Nächte gekostet! Und dennoch spüre ich tief in meinem Herzen immer noch eine Verbindung zu ihm. Vielleicht sollte ich wirklich noch einmal das Gespräch mit ihm suchen, um all die Fragen endlich zu klären, denke ich und schaue Isolino unsicher an.

»Hey, was sagt dir dein Gefühl, Marie?«, sagt Ina verständnisvoll und streicht mir sanft ein Haar aus dem Gesicht.

»Okay, ich werde noch einmal mit ihm reden. Ich denke, dass ich die Geschichte mit Gerrit damit endlich abschließen kann«, antworte ich entschlossen und schließe meine Freundin in die Arme.

»Danke euch zwei für eure aufmunternden Worte und euren Rat«, schiebe ich noch hinterher.

»Ach, Marie, das ist doch nicht der Rede wert unter Freunden, ist alles gut und jetzt geh schnell, es ist schon kurz vor zweiundzwanzig Uhr. Ich denke, er wartet schon an der Hotelbar auf dich!«, meint Ina augenzwinkernd und drückt mir noch einen Kuss auf die Wange.

»Du machst das schon und melde dich bitte spätestens morgen früh!«, gibt sie mir noch mit auf den Weg.

»Ja, natürlich, Ina«, antworte ich aufgeregt und in Richtung Hotelbar gehend, winke ich den beiden noch einmal kurz zu.

Mein Herz klopft und mein Blut pulsiert in den Adern, als ich die Bar betrete und all die Paare zärtlich vertraut dort sitzen sehe. Mein Gott! Auf was habe ich mich da nur eingelassen?, denke ich und überlege kurz, in mein Hotelzimmer zu verschwinden. Doch dafür ist es jetzt zu spät!

Gerrit kommt geradewegs auf mich zu und seine blauen Augen schauen mich durchdringend an, als er lächelnd sagt: »Hallo, Marie! Schön, dass du gekommen bist. Ehrlich gesagt, hatte ich schon nicht mehr mit dir gerechnet.«

Ich spüre, wie meine Beine zittern, und ich antworte stockend: »Äh, ja, wollen wir uns erst einmal setzen?«

Nur nicht wieder so ein peinlicher Auftritt wie in der Disco, als ich ihm vor die Füße gefallen bin, kommt es mir sofort in den Sinn und dann die Geschichte im Flugzeug! Bei dem Gedanken wird es mir immer noch flau im Magen. Ich bin froh, endlich auf einem Barhocker zu sitzen.

»Was möchtest du trinken, Marie?«, fragt er mich und streicht dabei eine seiner blonden Locken aus der Stirn. Er sieht immer noch verdammt gut aus, schießt es mir durch den Kopf und ich versuche, mir meine Aufregung nicht anmerken zu lassen. »Eine Apfelschorle bitte«, antworte ich gespielt lässig und schaue mit Absicht an ihm vorbei, um ihn nicht ansehen zu müssen.

»Gino, eine Apfelschorle und ein Glas Rotwein«, sagt er mit seinem holländischen Akzent zu dem Barkeeper, den er zu kennen scheint. Aus dem Augenwinkel sehe ich, dass er ihm freundschaftlich auf die Schulter klopft. Jetzt sitzt er mir direkt gegenüber und ich kann seinem Blick nicht mehr ausweichen.

Nervös zupfe ich einen imaginären Fussel von meiner Hose und stottere vor Aufregung: »Du wolltest mir etwas sagen? Deshalb bin ich hier, Gerrit.«

Langsam nimmt er meine Hand in seine und ohne meine Reaktion abzuwarten, antwortet er mit sanfter Stimme: »Marie, ich habe die ganze Zeit an dich gedacht und mir Vorwürfe gemacht, dass ich im Sommer am Strand nicht weiter nachgefragt habe, sondern einfach abgereist bin, ohne dir eine Nachricht zu hinterlassen.«

Jetzt sehe ich es wieder vor mir … Gerrit und ich am Strand, als wir zusammen lachten, uns unterhielten und er mich zärtlich küsste … Meine Gefühle überschlugen sich vor Glück und ich fühlte seit Jahren wieder Schmetterlinge in meinem Bauch … und dann, das abrupte Ende!

»Marie, es tut mir so unendlich leid, wenn ich dich verletzt habe«, sagt er leise und seine Augen füllen sich mit Tränen. »Ich habe das nicht gewollt. Ich dachte, als du sagtest, dass zu Hause jemand auf dich wartet, es wäre besser, mich zurückzuziehen. Aber jetzt weiß ich, es war ein Fehler.«

Jetzt kann auch ich meine Gefühle nicht mehr zurückhalten und antworte mit tränenerstickter Stimme:»Gerrit. Ich habe es zu dieser Zeit nicht verstanden, warum du dich so schnell verabschiedet hast. Ja, ich habe jemanden zu Hause, wenn du mich jetzt noch einmal fragst. Meine drei Kinder, aber mein Mann lebt nicht mehr.« Entgeistert schaut er mich an und sagt mit zittriger Stimme:»Oh, Marie. Das ist ja schrecklich, hätte ich das geahnt, ich dachte … Verzeih mir bitte.« Mit gesenktem Kopf hält er noch immer meine Hand, als der Barkeeper die Getränke vor uns auf den Tresen stellt und sich taktvoll wieder den anderen Gästen zuwendet.

»Das konntest du ja nicht wissen, Gerrit. Ich hätte dir gerne alles erklärt, aber leider hast du dich nicht mehr bei mir gemeldet, obwohl ich dir mehrere Mails an deine Firma geschrieben habe. Ich wollte sogar einen Surfkurs bei dir buchen, um dich wiederzusehen.«

Erstaunt schaut er mich an und fragt ungläubig:»Was hast du gemacht? Mir Mails geschrieben und einen Kurs bei mir gebucht? Ich schwöre dir, davon habe ich nichts gewusst! Ich denke, dass mein lieber Geschäftspartner, von dem ich mich ja mittlerweile getrennt habe, die Mails nicht an mich weitergeleitet hat, um potenzielle Kunden für sich zu behalten. Marie, von alldem habe ich wirklich nichts gewusst, das musst du mir glauben!« Zärtlich streicht er mir über die Wange und ich spüre wieder dieses Kribbeln im Bauch, das ich schon bei unserem ersten Treffen gespürt habe …

Was sagt er mir da gerade? Er hat von meinen Mails nie etwas erfahren? Irritiert schaue ich ihn an und meine Stimme zittert. »Ja, das würde einiges erklären. Aber bitte sei jetzt absolut ehrlich zu mir, Gerrit. Ich habe dich engumschlungen mit einer blonden jungen Frau auf einem Foto erkannt.«

Mit weit aufgerissenen Augen sieht er mich an und hält einen kurzen Moment inne, dann antwortet er lächelnd:»Ach, du meinst das Foto im Hotel *Seasun* an der Amalfiküste im August diesen Jahres?«

Sofort habe ich das Foto wieder vor Augen und mein Herzschlag pulsiert heftig.

Bevor ich etwas sagen kann, schaut er mich zärtlich an und antwortet sanft:»Marie, das war meine Tochter Madeleine. Sie studiert in Milano und wir treffen uns immer in den Semesterferien. Zu dieser Zeit war ich gerade an der Amalfiküste und habe im Hotel *Seasun* als Tauchlehrer gearbeitet.«

Oh Gott! Nein, geht es mir durch den Kopf. Seine Tochter! Wie peinlich kann es jetzt noch werden für mich? Meine Wangen glühen vor Scham und Aufregung, als ich das vor mir stehende Glas Apfelschorle in einem Zug leere. Mit gesegnetem Blick antworte ich leise:»Äh, deine Tochter? Ich dachte …«

Ohne mich ausreden zu lassen, nimmt er mein Gesicht zärtlich in seine Hände und sagt lächelnd:»Nein, Marie, es gibt keine andere Frau in meinem Leben, außer Madeleine. Ich wünsche mir wieder eine liebevolle Frau an meiner Seite und ich hatte gehofft, dass du das sein könntest.«

Meine Augen füllen sich mit Tränen und ich spüre die Anspannung der ganzen letzten Monate von mir abfallen.»Gerrit, ich, ich … es tut mir so leid«, presse ich stotternd hervor.»Die unglücklichen Missverständnisse haben mich glauben lassen, dass du kein Interesse an mir hast.« Unsicher schaue ich ihn an und mein Herz schlägt aufgeregt, als er mich plötzlich liebevoll zu sich zieht.

»Ich bin froh, dass wir die Missverständnisse endlich aus dem Weg räumen konnten. Marie, ich hoffe, du gibst uns noch eine Chance«, haucht er mir zärtlich ins Ohr und ich spüre sanft seinen Dreitagebart an meiner Wange. Was passiert hier mit mir?, kann ich gerade noch denken, als ich seine weichen Lippen auf meinen spüre und ein Feuerwerk der Gefühle sich in meinem Körper ausbreitet. Sein männlich-herber Duft steigt mir in die Nase und ich gebe mich seinem Kuss widerstandslos hin …

»Marie, ich habe dich so vermisst«, sagt er leise nach dem zärtlichen Kuss, der eine Ewigkeit zu dauern schien.

»Ich dich auch, Gerrit«, gebe ich sanft zurück und streiche ihm eine blonde Locke aus dem Gesicht.

»Wollen wir noch etwas an den Strand, wie im Sommer?«, fragt er mich lächelnd und seine blauen Augen strahlen.

»Na, es ist wahrscheinlich etwas kühler als im Sommer. Schließlich ist es schon November. Aber gut, wenn du mich warm hältst«, antworte ich kichernd. Lachend nimmt er meine Hand und zieht mich zärtlich vom Barhocker in Richtung Ausgang.

»Die Getränke gehen aufs Haus«, ruft Gino uns noch grinsend hinterher …

Ein frischer und doch angenehmer Wind kommt uns entgegen, als wir aus der Hotelbar treten. Der helle Vollmond lässt das Meer glitzern und der sternenklare Himmel breitet sich über uns aus. Schnell schlüpfen wir aus unseren Schuhen und seine Hand zärtlich in meiner, laufen wir durch den noch warmen Sand. Ich fühle mich unbeschwert und frei und in meinem Kopf kann ich keinen klaren Gedanken mehr fassen.

Lachend nimmt er mich in seine Arme und zieht mich zärtlich zu Boden. »Marie, ich kann es noch immer nicht glauben, dich wieder bei mir zu haben, ich möchte dich nie mehr verlieren«, flüstert er mir sanft ins Ohr und seine Lippen liebkosen meinen Hals.

Ohne ein Wort zu sagen, nehme ich sein Gesicht liebevoll in meine Hände und unsere Lippen suchen sich leidenschaftlich ihren Weg. Der Sand rieselt mir über den Rücken, als er mir langsam meine Bluse aufknöpft und seine Hände sanft über meinen Körper gleiten. Erregt spüre ich seinen durchtrainierten

Körper an meiner Brust und fühle mich stärker denn je zu ihm hingezogen.

»Oh, Gerrit, ich habe mich so unendlich nach dir gesehnt«, antworte ich ihm leise stöhnend und unsere Körper verschmelzen im warmen Sand ...

19. Kapitel

Ich weiß nicht, wie lange wir engumschlungen wie zwei Ertrinkende, die sich aneinander festhalten, im warmen Sand gelegen haben.

Das Mondlicht fällt zart auf unsere halbnackten Körper, als er mir liebevoll über die Wange streicht und lächelnd sagt: »Marie, das war unsagbar schön mit dir. Ich werde alles tun, um dich glücklich zu machen. Sag mir, welchen Stern ich dir vom Himmel holen soll.«

Wieder läuft mir ein zarter Schauer über den Rücken bei seinen Worten. Dieser Mann ist einfach unglaublich, denke ich überglücklich und schaue in den sternenklaren Nachthimmel.

»Den größten Stern von allen natürlich!«, gebe ich neckend zurück und stupse ihn zärtlich in die Seite.

Fürsorglich legt er mir seine Jacke über die Schulter und sagt: »Ich habe den größten Stern schon hier auf Erden gefunden, und den lasse ich nie mehr los!«

Wieder spüre ich seine weichen Lippen auf meinen und seine Hände streicheln zärtlich mein Gesicht ...

»Oh, Gerrit! Es ist schon nach Mitternacht. Ich glaube, wir müssen langsam zurück!«, sage ich lachend, nachdem wir uns zum wiederholten Mal zärtlich geküsst haben.

»Okay, aber nur, wenn du mir diesmal deine Handynummer gibst!«, antwortet er grinsend und schüttelt sich den Sand aus seinen blonden Locken.

Schnell packe ich meine Sachen zusammen und versuche ihn mit einem Ruck zu mir hochzuziehen.

»Hey, du hast ja richtig Kraft, Marie. Da muss ich aufpassen, dass ich mich nicht mit dir anlege!«, sagt er mit gespielt ängstlichem Blick und nimmt mich dabei lachend in die Arme.

Noch einmal schweift mein Blick auf das weite Meer hinaus

und ich spüre die Wärme seiner Hände in meinen. Ein unheimliches Glücksgefühl durchströmt meinen Körper, als wir schweigend zurück zum Hotel gehen.

»Marie, wann sehe ich dich wieder?«, fragt er mich leise in der Hotellobby, nachdem ich ihm meine Handynummer gegeben habe.

»Das kam alles so überraschend mit uns! Gib mir bitte etwas Zeit. Ich bin vollkommen durcheinander, aber du sollst wissen, es war wunderschön mit dir, Gerrit. Ich melde mich sofort, wenn ich wieder zu Hause bin«, antworte ich ihm mit gesenktem Blick und gebe ihm noch einen flüchtigen Kuss auf die Wange.

»Ich hoffe sehr, dass wir uns bald wiedersehen«, gibt er hoffnungsvoll zurück und schaut mich dabei zärtlich an. Ohne eine Antwort abzuwarten, nimmt er mich sanft in seine Arme und sagt: »Egal wie du dich entscheidest, ich werde auf dich warten. Ich liebe dich, Marie ...«

Etwa eine halbe Stunde später liege ich in meinem Hotelzimmer und frage mich, ob das alles nur ein Traum war. Gerrit und ich küssend an der Bar ... Gerrit und ich küssend am Strand ... Gerrit und ich ... In meinem Bauch schlagen die Schmetterlinge Purzelbäume vor Glück. Oh Gott, Marie, was hast du getan? Wie soll es jetzt weitergehen? Wie erkläre ich es morgen früh Ina? Meine Gedanken schießen wie Blitze durch meinen Kopf. Da fällt mein Blick auf mein Handy. Zwei Anrufe von meiner Mutter und drei von Christian sehe ich auf dem Display aufleuchten. Um Himmels willen, Christian! Wie konnte ich ihn nur so verdrängen? Ich wollte ihn doch noch anrufen und natürlich auch noch zu Hause bei meiner Familie! Wie konnte ich das heute Abend alles vergessen? Meine Gedanken schweifen wieder ab zu Gerrit und ich spüre noch seinen Duft auf meiner Haut, als ich vor Erschöpfung in einen traumlosen Schlaf falle ...

»Hallo, Marie!«, höre ich Ina an meine Zimmertür klopfen. Erschrocken schnelle ich von meinem Bett hoch und reibe mir verschlafen die Augen. Was? Schon neun Uhr! Warum um alles in der Welt hat mein Handy nicht um sieben Uhr geklingelt?, kommt es mir in den Sinn.

Sofort bin ich hellwach und öffne halbnackt und mit verwuschelten Haaren die Tür.

»Sorry, Ina!«, gähne ich schuldbewusst. »Ich muss wohl verschlafen haben.«

Meine Freundin schaut mich mit leicht konsterniertem Blick von oben bis unten an und meint grinsend: »Moin, Marie. Ja, das kann man wohl so sagen. Unser Flug geht in zwei Stunden! Also, wenn du noch mit nach Hause willst, musst du dich jetzt etwas beeilen!«

Verdammt! Jetzt nur noch kurz unter die Dusche und dann nix wie weg hier, geht es mir durch den Kopf und mit reumütiger Stimme antworte ich: »Äh, Ina. Ich beeile mich, warte bitte unten im Foyer auf mich, okay?«

»Alles klar, Mariechen. Ich denke, deinem Blick nach zu urteilen, hast du mir sicher einiges zu erzählen. Na, dafür hast du ja auf dem Rückflug genügend Zeit!«, lacht sie und verschwindet winkend im Aufzug.

Oh mein Gott! In meinem Kopf schwirren die Gedanken aufgeregt umher, bevor ich unter der Dusche den Duft von Gerrits Parfum ein letztes Mal einatme ...

Zwei Stunden später sitzen wir in unserem Flugzeug und schauen noch einmal auf das tiefblaue Meer, das sich unter uns ausbreitet.

Ina hat es sich schon sichtlich bequem gemacht und schaut mich mit neugierigen Blicken an. »Jetzt erzähl schon, Marie! Was ist gestern Abend passiert, du bist ja total durch den Wind!«

Nervös fahre ich mir durch meine kurzen Haare, die ich mangels Zeit nicht mehr föhnen konnte und sich immer noch feucht anfühlen. »Ina! Ich glaube, ich habe einen Riesenfehler oder alles richtig gemacht!«

Meine Freundin sieht mich fragend an und meint grinsend: »Was meinst du damit, Marie? Für einen Riesenfehler siehst du aber ziemlich glücklich aus!«

Jetzt kann ich meine Gefühle nicht mehr länger unterdrücken und die Tränen laufen über mein Gesicht, als ich ihr aufgelöst antworte: »Ja, ich bin überglücklich! Gerrit und ich … Es war einfach traumhaft schön mit ihm.« Sanft streicht Ina mir über das Gesicht und hält liebevoll meine Hand. »Hey, Marie! Das ist doch wunderschön für euch. Ich freue mich, dass ihr euch noch einmal aussprechen konntet und allem Anschein nach habt ihr ja wieder zueinandergefunden.«

Kurze Zeit später hält Ina noch immer meine Hand, nachdem ich ihr alles erzählt habe.

»Ich fühle eine so starke Anziehung zu Gerrit! Auf der anderen Seite ist da auch noch Christian. Das Leben ist unfair! Bis vor drei Wochen dachte ich noch, dass sich kein Mann für mich interessieren würde und nun muss ich mich zwischen zwei Männern entscheiden!«, sage ich selbstvergessen und schniefe noch einmal in mein Papiertaschentuch, das Ina mir fürsorglich reicht.

»Ach, Marie, gerne würde ich dir jetzt einen Rat geben, aber in dieser Situation hören meine Lebensweisheiten leider auf. Höre auf dein Herz, denn das zeigt dir immer den richtigen Weg!« Zärtlich nimmt sie mich in den Arm und wir sind beide froh darüber, dass nun schon Nachsaison ist und keine Fluggäste in unserer Reihe sitzen. Meine verwuschelten Haare und rotgeweinten Augen wären sicher kein schöner Anblick, denke ich noch, bevor die Maschine landet …

20. Kapitel

Als wir nachmittags zu Hause ankommen, stehen meine Mutter und die Kinder schon wartend vor der Tür.

»Mama! Endlich bist du wieder da!«, ruft Nele und springt in meine offenen Arme.

»Hallo, ihr Lieben!«, antworte ich freudestrahlend und drücke meiner Jüngsten einen dicken Schmatzer auf die Wange. Jetzt kommt auch meine Mutter langsam auf mich zu und sagt herzlich: »Schön, dass du wieder zu Hause bist, Marie.«

Ina winkt noch einmal lachend zu uns rüber, um dann hupend davonzufahren. »Brrr, lasst uns schnell hineingehen. Hier ist es ja bitterkalt!«, gebe ich fröstelnd zurück und schiebe meine Kinderschar samt Hund ins warme Wohnzimmer.

»Ich bin froh, wieder bei euch zu sein. Wenn es in Italien auch wesentlich angenehmer von den Temperaturen war«, grinse ich meiner Familie zu und schütte mir heißen Tee nach, den meine Mutter schon vorsorglich zubereitet hat.

»Mama, konnte man noch im Meer schwimmen oder an den Strand?«, fragt Lotta und schaut mich mit ihren großen Augen wissbegierig an.

Oh ja! Wir waren am Strand, kommt es mir sofort wieder in den Sinn und ich sehe Gerrits strahlendes Lächeln vor mir ...

»Äh, wir waren nur kurz am Strand. Es waren ja auch nur zwei Tage, da hatten wir natürlich nicht so viel Zeit«, antworte ich unsicher und versuche schnell vom Thema abzulenken, indem ich mich an Mattis wende. »Und du, mein großer Junge, hast du auf deine Schwestern gut aufgepasst?«

Mein Sohn baut sich wichtig vor mir auf und meint grinsend: »Natürlich, Mama! Ich bin doch schließlich der Mann im Haus!«

Jetzt müssen alle herzhaft lachen und Nele meint kichernd:
»Was?! Mattis ist ein Mann?! Haha …«

Wenige Stunden später, als die Kinder in ihren Betten liegen, kehrt langsam wieder Ruhe ein. Meine Mutter war sehr liebevoll und fürsorglich zu mir, bevor sie wieder nach Hause fuhr. Sie machte mir keinerlei Vorwürfe wegen meiner Kindererziehung und verhielt sich äußerst diplomatisch. So habe ich sie früher nie erlebt und ich staune einmal mehr über ihre positive Verwandlung.

Frederik hat aus ihr einen anderen Menschen gemacht, denke ich glücklich und kuschele mich in meine gemütliche Schlafdecke auf dem Sofa.

Auch Ina ist überglücklich mit ihrem Isolino. Sie erzählte mir auf dem Rückflug, dass er nächstes Jahr, wenn das Baby auf der Welt ist, nach Deutschland kommt und sie sich dann ein gemeinsames Nest für ihre kleine Familie suchen wollen. Ach, wie schön, so hat sich Ende des Jahres doch noch alles zum Guten gewandt, lächele ich vor mich hin und streichele Rowdys dickes Winterfell, der die Zuneigung sehr zu genießen scheint.

»Tja, Marie, die Einzige, die jetzt noch ein Problem hat, bist du«, denke ich laut, als ich auf mein Handy schaue. Oh Gott! Gerrit drei und Christian zwei Anrufe in Abwesenheit! Wie vom Donner gerührt starre ich auf mein Display und meine Hände werden schweißnass vor Aufregung. Himmel! Was soll ich denn nun tun? Am liebsten würde ich mich unter meiner Decke verschanzen und nie mehr herauskommen. Jetzt hast du den Schlamassel! Wie konntest du dich überhaupt noch einmal auf Gerrit einlassen? Der arme Christian, das hat er sicher nicht verdient! Entscheide dich jetzt endlich und sei ehrlich zu dir und den Männern!, hämmert mein schlechtes Gewissen auf mich ein.

Rowdy schaut mich mit seinem sanften Hundeblick gelas-

sen an, als ob er sagen wollte:»Was machst du es dir denn
so schwer, Marie? Nimm doch den netten Revierförster, der
immer die Taschen voller Hundeleckerli hat!«

Liebevoll drücke ich meinen Hund an mich und schluchze
mit tränenerstickter Stimme:»Oh, Rowdy, wenn alles so einfach wäre. Ich mag Christian wirklich sehr und könnte glücklich sein, endlich einen so sympathischen, gutaussehenden
Mann gefunden zu haben, aber bei Gerrit habe ich tausend
Schmetterlinge im Bauch! Warum kommen gerade jetzt zwei
Männer in mein Leben?«

Als ob er mich verstehen könnte, legt er behutsam seinen
schweren Kopf auf mein Knie und kläfft kurz auf. Tiere sind
die besten Freunde, denke ich liebevoll, als mir kurze Zeit
später in meinem Bett die Augen vor Müdigkeit zufallen ...

»Hallo, Marie! Ich freue mich so dich wiederzusehen. Bitte
verlasse mich nie wieder! Ich liebe dich!« Christian nimmt zärtlich meine Hand und zieht mich sanft zu sich, um mir einen
leidenschaftlichen Kuss zu geben.

»Nein, bitte nicht, Christian!«, antworte ich und stoße ihn
widerwillig von mir weg.

»Marie, was ist mit dir?«, antwortet er traurig und sein Blick
wirkt wie eingefroren.

»Ich kann nicht, Christian. Ich liebe einen anderen ...« Verwirrt und schweißgebadet wache ich mitten in der Nacht auf.
Gott sei Dank, alles nur ein Traum, denke ich und dennoch
spüre ich eine tiefe Traurigkeit und gleichzeitig eine unendliche
Befreiung!

»Marie, lass einfach los und höre auf dein Herz. Es ist dein
Leben und deine Liebe!«, höre ich Ina in meinen Gedanken
sagen.

Müde und unausgeschlafen höre ich meinen Wecker klingen.
Oh, Gott! Was für eine Nacht, denke ich und erinnere mich

sofort wieder an meinen Traum. Langsam schleppe ich mich ins Badezimmer unter die Dusche, um die Spuren der unruhigen Nacht wenigstens etwas zu verdrängen.

Nele und Mattis sind auch schon wach und streiten sich, wer mehr Schulstunden hat als der andere.

»Hey, ihr zwei Streithähne. Guten Morgen!«, rufe ich dazwischen und drücke beide fest an mich.

»Guten Morgen, Mama. Ich bin so froh, dass du wieder da bist!«, gibt Nele zurück und kuschelt sich in meine Arme.

»Ich bin auch froh, dass du wieder zu Hause bist, aber ganz ehrlich, mit Oma war es dieses Mal echt cool«, grinst Mattis und rutscht mit einem Schwung das Treppengeländer herunter.

»Mattis! Das sollst du doch nicht!«, rufe ich hektisch hinterher. Mit einer Unschuldsmiene schaut Mattis nach oben und meint: »Bei Oma war das erlaubt!«

Willkommen zu Hause! Der ganz normale Familienwahnsinn nimmt wieder seinen Lauf, denke ich lächelnd und nehme Nele und ihren Schulranzen mit nach unten.

»Moin, Mama«, kommt mir Lotta gut gelaunt in der Küche entgegen. »Du siehst aber heute Morgen nicht gut aus. Sorry, aber die Witterung hier scheint dir nicht zu bekommen. Unter Italiens Sonne hat es dir sicher besser gefallen, oder?«, meint sie grinsend. Jetzt nur nichts Falsches sagen, Marie, denke ich nervös und antworte mit gespielter Fröhlichkeit: »Ja klar! Die Sonne Italiens ist angenehmer als der kalte Novemberwind hier, aber ich bin glücklich, wieder bei euch zu sein.«

Lachend nimmt sie ihre Schultasche auf die Schulter und sagt schelmisch: »Hey, Mama! Das wollen wir auch hoffen. Du bist die beste Mama, die wir haben können und wir sind doch die besten Kids, oder?«

»Ja, das seid ihr! Ich kann mir keine besseren und lieberen Kinder vorstellen. So, jetzt aber ab mit euch in die Schule!«, antworte ich grinsend und gebe Lotta einen liebevollen Klaps auf den Hintern. Keine zwei Minuten später verschwinden alle drei winkend hinter der Häuserreihe Richtung Schule.

Puh, jetzt erst mal durchatmen und die letzten drei Tage verarbeiten, schwirrt es durch meinen Kopf. Gedankenversunken gehe ich in die Küche, um mir einen starken Kaffee zu kochen. »Wuff, wuff«, höre ich es plötzlich hinter mir kläffen. Als ich mich umdrehe, sehe ich meinen Hund im Flur stehen. »Ja, Rowdy, alles gut. Ich trinke nur noch meine Tasse Kaffee und dann gehen wir raus, okay?«, antworte ich ihm lächelnd und streichele sein weiches Fell. Mittlerweile hat es etwas angefangen zu schneien und die Bäume im Garten sehen aus wie mit Puderzucker bestäubt. Tja, der Winter hat auch seine schönen Seiten, denke ich versonnen, als ich kurze Zeit später mit Rowdy durch den verschneiten Wald laufe. In Gedanken sehe ich Gerrit am Strand vor mir stehen. Mit seinem zärtlichen Lächeln und seinen himmelblauen Augen strahlt er mich gefühlvoll an. Mein Herz fängt an, laut zu pochen, und meine Wangen werden rot ...

Im selben Moment sehe ich Christian mit seinen sanften braunen Augen und seinem liebevollen Blick in meiner Küche, als er Rowdy streichelnd von seiner unglücklichen Liebe erzählt. Langsam werden meine Gedanken ruhiger, als ich durch den verschneiten Winterwald laufe und die klare, kalte Winterluft einatme. Das Leben ist doch schön, denke ich plötzlich voller Dankbarkeit! Das letzte halbe Jahr war ein Auf und Ab der Gefühle, doch letztendlich ist doch alles gut geworden. Meine Mutter hat einen aufrichtigen, warmherzigen Mann an ihrer Seite und unser Verhältnis ist besser als je zuvor, Ina hat ihre große Liebe gefunden und trägt ein Baby unter ihrem Herzen und ich habe meine bezaubernden Kinder, wir sind alle gesund und ich durfte spüren, dass das Leben auch für mich noch wunderbare Überraschungen bereithält ...

Manchmal vergisst man im Alltagseinerlei, sich über die wirklich wichtigen Dinge im Leben zu freuen, geht es mir durch den Sinn. Plötzlich spüre ich nach langer Zeit wieder dieses zufriedene und glückliche Gefühl in mir aufsteigen und dieses warme Gefühl wird weder durch Gerrit noch durch Christian ausgelöst. Merkwürdig! Jetzt fällt es mir wie Schuppen von den Augen! Ja natürlich, meine Kinder, meine Mutter, mein Hund und meine beste Freundin Ina machen mich wirklich glücklich und wenn dann noch der passende Partner dazukommt, perfekt! Aber muss das Leben überhaupt perfekt sein?

Als ich eine Stunde später mit rotgefrorener Nase und meinem Hund wieder in meiner warmen Küche am Tisch sitze, hole ich mein Handy und tippe mit zittrigen Fingern, aber entschlossen folgende Nachricht: *Liebster Gerrit, ich bin wieder gut zu Hause angekommen. Die Zeit mit dir war wunderschön in Italien, im Sommer wie auch jetzt ... Ich konnte dich nicht vergessen und habe mein ganzes Leben nur darauf ausgerichtet, dich wiederzusehen. Als dies nicht so geschah, wie ich es mir gewünscht habe, war ich tieftraurig und enttäuscht. Fast ein ganzes halbes Jahr habe ich jeden Tag an dich gedacht und mir nichts sehnlicher gewünscht, als dich wiederzusehen. In dieser Zeit habe ich einen Mann kennengelernt, der mir zeigte, dass ich doch noch etwas empfinden kann. Ich dachte, ich wäre über dich hinweg ... Als ich dich dann aber vor wenigen Tagen per Zufall wieder getroffen habe und du mir alles erklärt hast, kamen die Gefühle für dich wieder zurück. Alles, was ich gesagt und gefühlt habe, ist wahr, das musst du mir glauben und dennoch brauche ich jetzt Zeit, um mir über mich und meine Gefühle klar zu werden. Es ist einfach zu viel passiert im letzten Jahr! Ich hoffe, dass du mich verstehst ... und wenn wir füreinander bestimmt sind, werden wir uns wiedersehen, in Liebe, Marie!*

Als ich den Text geschrieben habe und auf Senden drücke, laufen mir die Tränen die Wangen herunter. Es war die richtige Entscheidung und dennoch tut es weh. Schniefend hole ich mir ein Glas Wasser und setze mich wieder an meinen Tisch, um die nächste Nachricht zu schreiben. Christian! Auch zu ihm will ich ganz ehrlich sein und in ihm keine falschen Erwartungen wecken. Nervös tippe ich auch an ihn eine Nachricht: *Lieber Christian, ich bin wieder gut zu Hause angekommen. Dass ich dich kennenlernen durfte, war ein großes Glück für mich. Du bist ein sehr warmherziger und aufrichtiger Mensch und ich möchte dich nicht enttäuschen und ganz ehrlich zu dir sein, deshalb schreibe ich dir nun diese Nachricht! In meinem Leben gibt es noch einen anderen Mann, mit dem ich aber, als ich dich kennenlernte, keinen Kontakt mehr hatte. Da ich ihn aber nun wieder getroffen habe, sind meine Gefühle durcheinandergeraten. Ich weiß nicht, was das Richtige für mich ist. Um dies herauszufinden, möchte ich mich jetzt ganz auf mich und meine Kinder konzentrieren. Mit dem anderen Mann habe ich auch den Kontakt abgebrochen. Das ist die Wahrheit, mehr kann ich dir momentan leider nicht sagen. Ich hoffe, du verstehst mich und vertraust mir, alles Liebe, deine Marie.*

Jetzt bahnen sich erneut die Tränen ihren Weg und ich schluchze traurig, aber unendlich erleichtert über meine Entscheidung in die Kissen auf meinem Sofa.

»Ach, Rowdy, heute ist ein besonderer Tag für mich. Ich habe eine ehrliche, wenn auch schwere Entscheidung getroffen und mein Herz sagt, es war die richtige. Denn nun weiß ich, dass ich mein Glück erst in mir finden muss, denn dann erst finde ich den Richtigen und er mich ...«, sage ich lächelnd.

Die Antwort lässt nicht lange auf sich warten. »Wuff, wuff«, kläfft Rowdy laut auf und stupst mir mit seiner nassen Hundenase freundschaftlich in die Seite. Lachend streiche ich ihm über sein weiches Fell und fühle mich seit langem wieder richtig glücklich ...

... und wie sagte Albert Einstein so schön:
»Es gibt zwei Wege, sein Leben zu leben, entweder ist nichts ein Wunder, oder alles ein Wunder ...«

Die Autorin

Nadja ten Peze liebt es zu schreiben, zu lesen und das Meer! Schon als Jugendliche ist sie nie ohne Buch unter ihrem Kissen eingeschlafen und liebte es, Geschichten zu schreiben. In ihrer späteren Ausbildung zur Gestalterin für visuelles Marketing konnte Sie ihre kreative und künstlerische Begabung perfekt ausleben. Mit ihrem Debütroman „Von Meer zu Meer", einem humorvollen, spritzig unterhaltsamen Frauenroman mit Tiefgang, erfüllte Sie sich ihren großen Traum! Sie lebt liebenswert chaotisch mit ihrem holländischen Mann, ihren Kindern, zwei Hunden und einer Katze an der niederländische Grenze.

https://www.nadjatenpeze.com/